CHRISTOPHE ANDRÉ

Christophe André est médecin psychiatre dans le service hospitalo-universitaire de l'hôpital Sainte-Anne, à Paris, où il s'est spécialisé dans le traitement et la prévention des troubles émotionnels (anxieux et dépressifs). Enseignant à l'université Paris-Ouest, il est l'auteur d'articles et ouvrages scientifiques, ainsi que de nombreux livres à destination du grand public.

Pour plus d'informations, voir son site personnel : http://christopheandre.com

Et pour partager ses états d'âme, rendez-vous sur son blog PsychoActif : http://psychoactif.blogspot.com

MUZO

Peintre et dessinateur, Muzo travaille depuis un peu plus d'une vingtaine d'années pour la presse et l'édition. Il a réalisé à ce jour une trentaine de livres, pour adultes et pour enfants. Parallèlement, il peint et expose régulièrement en France et à l'étranger. Il vit et travaille en région parisienne.

Christophe André & Muzo

JE RÉSISTE AUX PERSONNALITÉS TOXIQUES

(et autres casse-pieds)

Seuil

Une précédente édition de cet ouvrage
est parue sous le titre *Petits Pénibles et Gros Casse-pieds*
en 2007 aux éditions du Seuil.

ISBN 978-2-7578-1784-1
(ISBN 978-2-02-085876-6, 1re publication)

© Éditions du Seuil, septembre 2007

« Qui vit sans folie n'est pas si sage qu'il croit. »

Les auteurs
(en hommage à La Rochefoucauld)

À Faustine, Louise et Céleste, qui attendaient impatiemment ce tome III.

Christophe André

À mes voisins.

Muzo

TERNE COCKTAIL

9

AVANT-PROPOS

Ce livre parle des casse-pieds.

Ceux que nous avons rencontrés hier, ceux que nous rencontrerons demain. Et aussi ceux que nous sommes nous-mêmes (parfois ? souvent ? tout le temps ?) pour les autres...

L'humain est un animal social. Il ne doit sa survie, puis son succès, qu'à sa capacité à vivre et à travailler en bandes, en troupeaux, en tribus. Sinon, il avait peu de chances au départ de devenir la grande espèce prédatrice de notre planète : pas de griffes, pas de crocs, pas de cornes, pas de carapace. Nous étions biologiquement mal armés. Alors, nous nous sommes assemblés.

L'union fit la force : les plus hargneux réglaient leurs comptes aux animaux et aux ennemis, les plus méfiants surveillaient et donnaient l'alarme, les plus comédiens faisaient le spectacle à la veillée, les plus grognons repéraient tout de suite les défauts de la nouvelle grotte et incitaient à en chercher une autre, et ainsi de suite, chacun jouant sa partition au service du groupe (et de ses propres tendances psychologiques).

Et après, une fois que ces hargneux, ces méfiants,

ces comédiens, ces grognons et tous les autres avaient fait leur travail, il fallait bien les assumer, en attendant la prochaine occasion de profiter de leurs talents.

Finalement, les choses n'ont pas tellement changé depuis ces temps lointains. Les personnalités difficiles ont traversé les âges, avec leurs vices mais aussi avec leurs vertus, leurs inconvénients et leurs avantages...

Ce livre vous propose quelques pistes pour mieux comprendre les casse-pieds. Il vous donne aussi quelques conseils pour mieux – ou moins mal – vivre à leurs côtés : tantôt en les aidant à changer, tantôt en s'en faisant respecter, tantôt en prenant de la distance, et en n'oubliant jamais de voir ce qu'il y a – aussi – de bien en eux.

1. PLEIN DE PÉNIBLES ET TROP DE CASSE-PIEDS...

On fait quoi ?

14

15

C'EST QUOI
UN CASSE-PIEDS ?

C'est quelqu'un qui me dérange…

… parce qu'il diminue mon plaisir : le fumeur qui assouvit sa névrose à côté de moi (vous avez remarqué comment toute la fumée se dirige tout de suite vers vous, quels que soient les vents dominants ?) ou le sagouin qui me fait profiter des détails inintéressants de son existence grâce à son portable.

… parce qu'il complique ma vie : la personne retraitée qui vient retirer son mandat à la poste avant 9 heures ou après 17 heures, c'est-à-dire au moment où il y a le plus de clients qui, eux, travaillent et n'ont pas le choix des horaires.

… parce qu'il perturbe mon travail : le collègue qui complique tout en réunion, qui chipote, ergote, freine, cause, n'apporte rien et ralentit tout, parce que de toute façon il ne sait rien faire d'autre.

Ça commence à faire beaucoup. Alors du coup, ça énerve…

L'effet que me fait le casse-pieds

Le casse-pieds me procure des pénibles émotions négatives – agacement et hostilité –, et régulièrement des grands coups de désespoir à propos du genre humain…

Il perturbe ma vision du monde : parce que justement, à force d'être focalisé sur les casse-pieds, je finis par simplifier un peu trop mon regard et mon jugement. C'est la tentation de la généralisation : les propriétaires de chiens (qui font des crottes) ou de 4×4 (qui se garent sur les trottoirs ou sur les passages cloutés) ne sont pas tous d'odieux personnages… mais parfois j'en doute !

Le casse-pieds induit chez moi des comportements inadéquats, parfois contraires à mes valeurs : haine, envie de meurtre, désir de vengeance ou de punition…

Bref, le casse-pieds me perturbe. Que faire ?

En parler à un psy ?

Pas forcément…

Il y a longtemps eu une mode chez les psys (déguisée en « méthode de travail ») qui renvoyait tout sur la personne qui venait demander de l'aide : « Vous ne supportez pas votre conjoint (ou, au choix, belle-mère, chef, voisin…) ? Mmm-mmm… Je vois… Mais

parlez-moi plutôt de vous, de votre passé, de vos fantasmes… De votre responsabilité dans cette histoire… »

Votre conjoint est un jaloux pathologique ? Qu'est-
ce qui vous a poussé à le choisir ? Et n'avez-vous pas le
profond désir de l'exciter en parlant à d'autres ? Votre
patron est pervers ? N'avez-vous pas en vous un certain
goût pour la souffrance et l'humiliation ?

Ainsi, pendant un certain temps, les psychothérapeutes se sont refusés à toute forme de conseil psychologique pour aider leurs patients à faire face à des
personnes difficiles, et ils les ont inlassablement ren-
voyés à eux-mêmes. Cette attitude peut être utile si
elle est un préalable à une réflexion sur le problème
posé par le proche qui nous tracasse, mais elle est inef-
ficace si elle est la seule démarche envisagée.

Une telle façon de faire n'est aujourd'hui pas acceptable, mais prendre la position radicalement opposée

(« C'est l'autre qui a tous les problèmes et moi je n'en ai aucun ») n'est pas souhaitable non plus. Les deux approches sont nécessaires : réfléchir sur soi, mais aussi comprendre l'autre, le casse-pieds…

Le casse-pieds fait mal parce qu'il va mal

La souffrance, présente ou passée, est presque toujours à la source des comportements des casse-pieds : ce sont des personnes qui vont mal.

Ce n'est pas une raison pour les subir stoïquement, ne rien leur dire, leur obéir, ou encore les laisser polluer notre vie et celle des autres. Il est normal de pas vouloir trop les laisser faire : sans limites et sans régulation, les casse-pieds deviennent vite des tyrans. Tyrans domestiques, qui font vivre toute une famille dans la terreur ou la contrainte. Tyrans professionnels, qui abusent de leur pouvoir sur leurs collaborateurs. Et parfois tyrans politiques : l'exercice du pouvoir finit par corrompre tout un chacun, et seuls des limites et des contre-pouvoirs peuvent entraver cette tendance. Vive la démocratie !

Le fait que les casse-pieds de notre entourage soient des personnes mal dans leur peau est déjà une raison pour réfléchir à la bonne façon de les prendre : si ce n'est par humanisme, que ce soit au moins par réalisme.

Très psy tout ça, n'est-ce pas ? Les psys se sont bien sûr intéressés aux casse-pieds. Comme ils aiment bien

Blanche-Neige et les sept personnalités toxiques

avoir leurs termes à eux, ils parleront de « troubles de la personnalité »…

Casse-pieds
ou personnalité pathologique ?

Chez le casse-pieds, différents niveaux de nuisance sont possibles…

— On peut être un casse-pieds circonstanciel, occasionnel ou exceptionnel. Parce qu'on est fatigué, parce qu'on est énervé, parce que toutes sortes de raisons… Il s'agit alors d'un comportement que l'on peut nous pardonner. Voici comment on parlera alors de nous : « Il lui arrive d'être un peu casse-pieds… »

— On peut être un casse-pieds régulier, présenter une nette tendance à irriter ou à déranger autrui. Mais on peut encore se contrôler lorsqu'on sent qu'on en fait trop ou lorsqu'on nous le dit. On dira alors de nous : « Il (elle) est capable d'être très casse-pieds. »

— On peut enfin être un casse-pieds intense, chronique, professionnel, qui persiste à l'être malgré les remarques et demandes de l'entourage. Tout simplement parce qu'on ne sait pas ou qu'on ne peut pas faire autrement. C'est plus fort que nous. Là, il s'agit d'un trouble de la personnalité aux yeux des psychiatres. On suppliera à votre propos : « Non, pitié, ne l'invite pas, il (elle) est trop pénible. Et si tu es obligé de l'inviter, ne l'assieds pas à côté de moi. »

22

23

Le problème, c'est donc ce qui est durable, stable et non modulable. Ce qui est inscrit dans la personnalité…

Qu'est-ce que la personnalité ?

La personnalité, c'est l'ensemble des traits psychologiques, émotionnels et comportementaux qui nous rendent uniques, différents des autres. En ce sens, « manquer de personnalité » signifie ne pas se différencier (ou ne se différencier que peu) – par conformisme, crainte, incapacité… – des humains qui nous entourent. On parle aussi parfois de « caractère », mot dont l'étymologie grecque signifie « empreinte » (comme celle qui figure sur les pièces de monnaie), et donc quelque chose de stable, de durable.

Car c'est l'autre dimension importante de la notion de personnalité : elle est ce qui nous rend relativement prévisibles. Notre personnalité fait que nous aurons tendance à réagir de la même manière face à une même situation : dans un groupe, l'extraverti ira vers les autres et y prendra plaisir, tandis que l'introverti se tiendra à l'écart en attendant impatiemment la fin de la soirée. Et cela sera vrai à de rares exceptions près, liées à la forme de la personne à un moment donné ou au comportement des autres.

Comment fonctionne la personnalité ?

Elle est, d'une part, la somme de différents traits et tendances : chacun de nous peut ainsi être plus ou moins méfiant, inquiet, franc, cohérent, persévérant…

Elle est aussi la manière dont ces différents traits vont être ou non contrôlés par l'individu pour faciliter l'adaptation à l'environnement, et c'est à ce niveau que les soucis peuvent arriver : plus que la présence ou l'absence de certains traits, c'est leur dynamique en situation, la flexibilité de leur expression qui va compter.

Si, par exemple, vous présentez des signes de méfiance envers les inconnus, cela se marque par une certaine froideur *a priori* et par un besoin de bien connaître vos interlocuteurs avant de « baisser la garde ». Une fois que vous connaissez les personnes, vous êtes capable d'accorder votre confiance à ceux qui, selon vous, la

méritent : votre trait de personnalité « méfiance » se sera ainsi montré flexible et ajustable en fonction des circonstances. Tout en étant quelqu'un de plus réservé que la moyenne, vous restez capable de contacts humains chaleureux.

Chez une personne présentant une personnalité paranoïaque en revanche, ce trait de personnalité sera rigide : votre méfiance s'exprimera ou se réveillera très vite, même vis-à-vis de proches et de personnes connues depuis longtemps (« Je ne fais confiance à personne... »). Cela ne manquera pas de poser de nombreux problèmes, tant à vous-même (toujours sur le qui-vive) qu'à vos interlocuteurs (toujours inquiets de déclencher, sans le vouloir, une catastrophe par un de leurs propos).

C'est donc surtout cette rigidité, cette difficulté à moduler son style de pensée et son comportement, qui caractérise les personnalités dites pathologiques en psychiatrie, et que l'on qualifie de « personnalités difficiles » ou, tout simplement, de « casse-pieds » en langage courant...

Accepter, comprendre et agir : les trois règles d'or pour la vie au milieu des casse-pieds

Nous souhaiterions bien sûr que de telles personnes soient capables de faire des efforts, au moins lorsque nous avons affaire à elles, mais la difficulté à faire des efforts d'adaptation fait justement partie de leur problème. Nous allons donc devoir nous adapter et faire face… Le temps d'accepter et de comprendre, pour mieux agir ensuite.

Accepter les casse-pieds ? Mais pourquoi ? Puisque ce sont eux qui ont et qui créent le problème, c'est à eux de faire les efforts. Certes, mais…

Prenons l'exemple du temps qu'il fait, et de la météo. Vous êtes en vacances et vous avez prévu une sortie et un pique-nique. Malheureusement, il pleut, il fait un temps de chien. Que faire ? S'énerver, rouspéter, s'affliger ? Cela ne chassera pas les nuages (ou alors, vous avez des pouvoirs à faire connaître autour de vous).

Vous allez plutôt accepter le mauvais temps : parce que c'est comme ça, vous vivez dans un pays où il peut pleuvoir et faire froid, même pendant les vacances. En ne l'acceptant pas, vous vous infligeriez une double peine ; à la météo extérieure défavorable, vous ajouteriez vos états d'âme moroses ou agacés. Vous allez donc accepter, et accepter vraiment, c'est-à-dire pas

seulement vous abstenir de faire la tête toute la journée, mais continuer de vous réjouir d'être en vacances et chercher à passer une bonne journée avec la pluie.

Vous allez peut-être aussi chercher à comprendre et à vous informer : combien de temps cette pluie va-t-elle durer ? Est-ce que cela va être un petit crachin ou une série de très grosses averses ? Vous allez essayer d'apprendre, pour la suite du séjour, s'il y a dans cette région des signes annonciateurs de beau ou de mauvais temps local, en plus des bulletins météorologiques.

Enfin, vous allez agir : vous allez vous organiser, soit pour faire face (on peut faire de belles balades malgré la pluie, demandez aux Bretons, il faut juste un bon équipement), soit pour faire autre chose (rester au chaud à boire du thé en bavardant, en lisant, en jouant aux cartes).

Et si vous êtes parti en vacances avec des casse-pieds (il y en a toujours qui n'ont pas de chance), vous allez procéder de même avec eux : accepter, comprendre, agir.

Accepter
Il faut bien accepter l'adversité. Par réalisme. Comme il existe de la pluie, des guêpes et des orties, des maladies et de l'injustice, il existe des comportements dérangeants, des indélicats, des égoïstes et des casse-pieds. Cela fait partie de la nature. Accepter, ce n'est pas renoncer à régler le problème, mais c'est se préparer à le faire aussi calmement que possible.

Comprendre

« Je ne comprends pas pourquoi il (elle) fait ça !
Comment quelqu'un peut-il se conduire ainsi ? » Notre
premier réflexe pour comprendre le monde, c'est de
le percevoir avec nos yeux et nos règles de vie, nos
attentes. Normal, mais court.

Il faut plutôt se demander : qu'est-ce qui se passe
dans sa tête ? Comment voit-il les choses ? Est-il
conscient que son comportement est injuste ou abusif ?
Si non, pourquoi ? Si oui, pourquoi continue-t-il ?
Par vice pur ? Par sous-estimation des nuisances qu'il
inflige aux autres ?

Il faut se poser ces questions pour comprendre,
pas seulement comme un exercice de tolérance ou de
passivité (« Je comprends pourquoi il m'a donné un
coup de poing, c'est parce qu'il a eu une enfance mal-
heureuse et qu'il a cru que je le méprisais lorsque je
l'ai regardé dans les yeux »), mais comme construction
d'une banque de données personnelles pour augmenter
son expérience et sa lucidité. Pour apprendre peu à
peu, par l'expérience émotionnelle, comment mieux
réagir face au problème actuel, comment mieux anticiper et prévoir la prochaine fois...

Agir

C'est le but. On ne va pas les supporter sans rien
faire, ces casse-pieds ! Mais comment, face à eux, rester
calme (ils nous énervent souvent) et efficace (en perdant

son calme, on perd souvent son efficacité, sa lucidité) ?
Il est préférable de renoncer aux attentes d'un monde
parfait, mais pas souhaitable de renoncer à le construire
ou à s'en rapprocher…

De nombreuses stratégies sont possibles : calmer,
rassurer les casse-pieds ; s'affirmer et leur poser des
limites ; éviter les phrases ou les comportements qui les
font démarrer dans leur pire registre ; ou, finalement,
s'éloigner d'eux, quelque temps ou durablement.

Ce n'est pas une question de chance ou de don : il y
a des personnes qui savent apprivoiser les casse-pieds,
qui du coup le sont moins avec elles. Elles y arrivent par
un mélange de différents savoir-faire, parfois délibérés
et parfois intuitifs, qu'il est possible de comprendre,
d'apprendre, d'appliquer et de maîtriser. Nous allons
creuser tout cela maintenant…

2. DIX COMMANDEMENTS POUR SURVIVRE FACE AUX CASSE-PIEDS

LES CASSE-PIEDS ?
UN PROBLÈME
ET UNE CHANCE…

Un problème, car ils compliquent notre quotidien. Tout serait si simple et si bon si les gens se conduisaient bien, étaient consciencieux, respectueux, de bonne foi, de bonne humeur, ponctuels, polis, à l'écoute…

Mais une chance, aussi. Eh oui ! Les casse-pieds nous permettent d'enrichir nos connaissances sur la nature humaine, de faire de la psychologie pratique tous les jours, de réfléchir sur nous-mêmes.

Mais pour survivre ou même s'enrichir à leur contact, quelques connaissances, et peut-être même quelques vertus, sont nécessaires !

Voici donc une trousse à outils tout terrain, pour tous les types de casse-pieds, destinée à la fois au versant intérieur de notre être (vertus morales et mentales) et à son versant extérieur (vertus comportementales).

Humilité

« Ne jetez pas la pierre à la femme adultère, je suis derrière », chantait Georges Brassens. La Rochefoucauld, de son côté, remarquait que « si nous n'avions point de défauts, nous ne prendrions pas tant de plaisir à en remarquer dans les autres ». Et Jules Renard écrivait : « C'est l'homme que je suis qui me rend misanthrope. »

Une question se pose donc : avant de vouloir juger les autres, suis-je moi-même au-dessus de tout soupçon ?

Nous sommes, forcément, évidemment, le casse-pieds de quelqu'un d'autre. Ou nous le serons. Ou, tout au moins, nous l'avons été : tout petit déjà, vous avez dû casser les pieds de vos parents, au moins de temps en temps...

Longanimité

Longanimité (n. f.) : patience à supporter ce que l'on aurait le pouvoir de réprimer ou de punir. « La longanimité de Dieu envers les pécheurs »...

Bon, d'accord, nous ne sommes pas Dieu, et surtout nous n'avons pas toujours le pouvoir « de réprimer ou de punir », mais que cela ne nous empêche pas de pratiquer la longanimité ! D'abord parce que nous ne pouvons pas être en guerre permanente contre ceux qui nous entourent. Ensuite parce que le harcèlement n'est pas un bon moyen de provoquer le changement chez autrui. Il faut donc cibler et hiérarchiser nos cibles d'intervention : choisir ce qui semble prioritaire, et ce qui est secondaire à nos yeux. Énergie pour la première catégorie, longanimité pour la seconde…

Lucidité

« C'est une grande folie que de vouloir être sage tout seul », remarquait notre cher La Rochefoucauld. Si nous profitions de nos réflexions sur les personnalités difficiles pour réfléchir nous-mêmes ? Côtoyer les casse-pieds et ouvrir les yeux sur eux (au lieu d'essayer de ne pas les voir) nécessite une remise en question personnelle.

Par exemple, si vous commencez à trouver qu'il y a beaucoup de casse-pieds autour de vous, c'est soit que vous n'avez vraiment pas de chance, soit que vous n'avez pas fait les bons choix de vie (ou qu'il est temps d'en faire de nouveaux), soit que vous-même n'allez pas très bien... et que sans doute vous commencez vous-même à casser les pieds d'un certain nombre de personnes. Ou que ça ne va pas tarder...

Le jugement de valeur que nous portons sur l'autre va au-delà d'un simple constat. Et donc, ce jugement parle aussi de nous. Comment les autres peuvent-ils nous déranger ? Et quelles questions pouvons-nous alors nous poser ? Face à quelqu'un qui nous agace, nous devons nous interroger sur notre intolérance à la frustration. Face à quelqu'un qui n'est pas comme nous, qui ne fait pas comme nous, nous devons nous interroger sur notre tolérance à la diversité et à l'altérité. Face à quelqu'un qui n'agit pas selon les règles qui nous semblent bonnes, nous devons nous interroger sur nos attentes et nos idéaux. Face à quelqu'un qui ne fait pas ce que nous voudrions, nous devons nous interroger sur notre autoritarisme...

Calme

« Lorsque notre haine est trop vive, elle nous met au-dessous de ceux que nous haïssons. » La Rochefoucauld, auteur de cette maxime, était un homme peu

suspect d'angélisme, plutôt un réaliste pragmatique. Ce n'est pas au nom de la charité chrétienne qu'il préconise la maîtrise de ses passions, mais au nom de l'efficacité et de la dignité. N'oublions jamais que, lorsque nous nous énervons, c'est à nous que nous nuisons. Côtoyer les casse-pieds peut nous apprendre à ne pas tomber dans le piège de l'emballement et de la focalisation passionnelle.

Paisibles et heureux, nous sommes moins agaçables : une bonne régulation émotionnelle globale modifie totalement notre perception de ce qui nous casse les pieds. Attention par exemple au phénomène de « transfert d'excitation » : si nous sommes énervés par quelque chose, notre tolérance aux énervements issus d'un autre domaine sera évidemment abaissée.

Exemple : irrité dans la journée à mon travail, je deviens irritable le soir avec mes proches.

Patience

Il y a deux sortes de patience : celle, démissionnaire et découragée, dont parle l'écrivain américain Ambrose Bierce, « forme mineure de désespoir, déguisée en vertu », et celle, active et lucide, qu'évoque le philosophe André Comte-Sponville, « faire ce qui dépend de nous pour attendre au mieux ce qui n'en dépend pas ».

Ce qui dépend de nous : agir sur les casse-pieds et sur les émotions qu'ils déclenchent en nous. Ce qui n'en dépend pas : qu'ils fassent tous les efforts pour changer. Car c'est drôlement long de changer psychologiquement, et ça l'est encore plus pour les personnalités difficiles, caractérisées par une certaine rigidité et une indéniable lenteur à repérer qu'elles posent des problèmes. Leur donner le temps de changer sans renoncer à maintenir sur eux la pression pour qu'ils le fassent, c'est là que se situe la patience, entre démission et exigence.

Manifester de l'empathie

L'empathie, étymologiquement « ressentir à l'intérieur », c'est être capable de se mettre à la place de l'autre. D'adopter son point de vue. La littérature et le cinéma nous y aident, en nous faisant rentrer dans l'intimité psychologique de héros parfois très loin de nos univers mentaux. Mais l'observation tranquille du monde et des créatures qui le composent, aussi.

Observons donc les casse-pieds comme un anthropologue observe les peuples qu'il veut comprendre. Et lorsque nous avons observé et compris leurs états d'âme et leurs motivations, exprimons-leur notre empathie.

Les bénéfices de l'empathie sont nombreux : notamment émotionnels (garder son calme et permettre celui de l'interlocuteur), et relationnels (nos remarques sont mieux écoutées si elles ont été précédées de phrases empathiques).

QUELQUES EXEMPLES D'EMPATHIE ET DE NON-EMPATHIE...

SI ON VOUS DIT...	RÉPONSE PAS EMPATHIQUE	RÉPONSE EMPATHIQUE
Dites donc, vous en faites un potin avec votre sono à fond, à c'te heure !	Pas grave, j'ai encore quelques vieilles boules Quies® qui traînent à vous prêter...	Je comprends que cela vous gêne, si vous voulez faire la sieste.
J'ai très mal au dos.	Vous n'avez pas l'air de trop souffrir, quand on vous voit comme ça !	Zut, je suis désolé pour vous, le mal de dos, c'est vraiment pénible.
Vous n'avez pas arrêté de me couper la parole en réunion.	Ben, vous n'arrêtiez pas de dire des trucs sans intérêt qui ralentissaient la discussion.	Je n'avais pas réalisé ; je comprends que vous soyez contrarié contre moi.
Écoute, zut à la fin, ça fait trois fois que tu ne fais pas le plein d'essence de la voiture et que je tombe en panne à cause de toi.	T'es pas bien futé(e), t'as qu'à regarder la jauge, c'est fait pour ça !	Mince, tu as raison, il faut que je fasse attention. Comment fais-tu, toi, pour ne pas oublier ?
Je suis content d'avoir eu cet examen, ce n'était pas gagné d'avance.	Ouais, il paraît qu'ils ont été cool sur la correction, cette année.	Je te comprends, ça fait vachement plaisir, quand on a bossé dur, de décrocher le diplôme.

L'art de faire des remarques

Une règle de base de la communication efficace est de faire des remarques sur le comportement (« Ce que tu as fait »), non sur la personne (« Ce que tu es ») : « Tu me déranges lorsque tu me coupes la parole en réunion » plutôt que « Tu n'es pas respectueux de ce que je dis ». Or la tentation est grande de parler de la personne plutôt que de son comportement : toujours notre irrésistible penchant à juger globalement au lieu d'analyser au cas par cas.

Il faut néanmoins se rappeler le but de nos paroles « correctrices » : aider l'autre à changer et trouver une solution plutôt que faire régner l'ordre ou donner une leçon... Il faut aussi l'amener à changer de comportement, d'abord avec nous ; inutile de vouloir d'emblée faire changer la personne dans son ensemble. C'est un

fait d'observation courante : même le pire des casse-pieds respecte certains interlocuteurs, ceux qui ont su trouver son « mode d'emploi » et obtenir de lui, sinon le meilleur, au moins la neutralisation de ses mauvais côtés. C'est déjà un bon début...

Savoir dire « non » et « stop »

Nous protéger et poser des limites, c'est bon pour nous, évidemment – un casse-pieds non régulé et non cadré se transforme insensiblement en tyran –, mais c'est bon aussi pour le casse-pieds. En effet, le risque qui menace ce dernier est que plus personne ne lui parle en face, que les gens préfèrent le fuir et médire en son absence.

À chaque fois que l'on dit du mal de quelqu'un ou qu'on s'en plaint, on devrait d'ailleurs se poser la question : est-ce que je le dirais en face à cette personne ? Est-ce qu'au moins j'ai essayé ? Ou est-ce que je me suis dit à l'avance « inutile... » ?

Rassurer, apaiser, valoriser

Nous l'avons vu : les personnalités difficiles sont des personnalités fragiles. Il convient donc de ne pas se contenter de les cadrer à propos de leurs défauts et de leurs dérapages, il faut aussi les reconnaître dans ce qu'elles ont de bien. C'est le principe de base de tout apprentissage : signaler les problèmes, mais aussi (surtout ?) valoriser les qualités. Cela sécurise et cela motive. Or c'est bien leur apprendre à changer que l'on désire, non ?

Cette attitude comporte aussi des bénéfices pour nous : elle nous fait développer une vision plus nuancée sur les êtres humains. Nous pousse à leur pardonner davantage d'être imparfaits, à augmenter notre lucidité. À être moins naïfs et plus compréhensifs en même temps.

Elle permet aussi de ne pas les cataloguer, de ne pas les enfermer dans une catégorie, ce que l'on nomme en psychologie l'« étiquetage » : une fois que nous avons considéré quelqu'un comme casse-pieds de telle ou telle famille, nous avons une irrésistible tendance à mémoriser ceux de ses comportements qui confirment notre jugement et à négliger ceux qui l'infirment.

Prendre soin de soi

Où trouver l'énergie d'accomplir tous ces efforts ? En prenant soin de soi. Les personnalités difficiles le sont d'autant plus qu'elles nous sont proches, et qu'elles ne nous permettent guère de périodes de récupération. Mettons-nous régulièrement en vacances des casse-pieds ! Cela fera d'ailleurs aussi des vacances aux proches dont nous sommes les casse-pieds...

À défaut, ne restons pas seul face à eux. Prenons soin de toujours garder de proches interlocuteurs, avec qui en discuter, afin d'avoir accès à d'autres visions du monde, afin de ne pas se faire contaminer : on devient peu à peu paranoïaque à force de vivre avec un paranoïaque, ou on se complexe à force de vivre avec un narcissique.

Parfois, hélas, c'est en rompant la relation que le soulagement viendra. C'est toujours un échec, mais il est normal qu'il y ait des échecs relationnels dans une vie… Il faut simplement éviter que l'éloignement et la fuite soient le premier et seul réflexe : la fuite soulage, mais ne règle rien. Certes, il faut bien accepter qu'il y ait parfois dans notre existence des difficultés relationnelles que nous ne pouvons solutionner. Mais si cela devient une habitude, on tombe dans un profil nommé « personnalité évitante » : il s'agit de personnes émotionnellement fragiles, peu à l'aise face aux désaccords, tensions ou conflits, chez qui prendre la fuite ou se détourner des relations compliquées est le seul mode de réponse aux problèmes. Elles sont les premières victimes de ce système défensif par trop radical : leur vie relationnelle est certes plus confortable, mais plus appauvrie. Une relation doit survivre à la déception et aux conflits : il faut donc en accepter le principe même (pas de lien durable sans tensions occasionnelles) et apprendre à les gérer…

Casse-pieds des Caraïbes

Finalement, essayer d'appliquer les dix comman-
dements que nous venons d'évoquer peut s'avérer une
aventure humaine assez intéressante. Imaginez-vous
comme un navigateur voguant sur des mers inconnues :
tempêtes, récifs, échouages, courants contraires, abor-
dages de pirates, rencontres de peuplades aux mœurs
étranges et déconcertantes, parfois quelques trésors
à découvrir... Les casse-pieds peuvent transformer
notre quotidien en une épopée imprévisible et toujours renouvelée. Et qui a dit que l'aventure devait
être quelque chose de confortable ?

3. LES NARCISSIQUES

« Moi, moi, moi, je, je, je... »

50

51

NARCISSIQUE, **moi** ?

QUESTIONNAIRE	Faux	Plutôt faux	Plutôt vrai	Vrai
Cela ne m'embarrasse pas de recevoir des compliments.				
Ce que j'ai obtenu, je ne le dois qu'à moi.				
Quand un règlement ne me convient pas, je ne le respecte pas ou je triche.				
J'ai plus de charme que la plupart des gens.				
Je ressens vite de la jalousie devant les avantages dont bénéficient les autres.				

Votre profil en fonction du total des points :
faux = 0 ; plutôt faux = 1 ; plutôt vrai = 2 ; vrai = 3.
De 0 à 5 : vous êtes peu narcissique.
De 6 à 10 : vous êtes un peu narcissique.
11 et plus : vous êtes plutôt narcissique.

Si vous vous êtes dit « Je sais déjà quels résultats je vais obtenir à ce questionnaire, alors je ne le remplis pas », attribuez-vous le maximum de points. Et lisez attentivement le chapitre...

LA PERSONNALITÉ NARCISSIQUE

Le narcissisme, c'est l'amour de soi et le souci que cet amour soit largement partagé, avec une forte attente que l'entourage admire et se soumette. Le tout est associé à un relatif dédain des autres, à moins que le narcissique n'ait besoin d'eux ou qu'il ne les juge, socialement et psychologiquement, exceptionnels ; auquel cas, il fait quelques efforts de cohabitation…

Un peu de narcissisme, pourquoi pas ?

Il existe des bénéfices du narcissisme, et des circonstances où il est souhaitable d'élever un peu sa tendance à l'amour de soi, par exemple avant un entretien d'embauche ou dans des environnements de compétition sportive, professionnelle ou mondaine. Savoir se montrer et se mettre en avant est alors nécessaire. C'est pour cette raison que les personnalités narcissiques sont fréquentes dans les milieux artistiques (il faut attirer l'attention sur soi), et nécessaires pour accéder — et rester — aux postes de pouvoir (il faut être convaincu de sa supériorité sur les autres pour s'engager pendant des années dans des luttes épuisantes et incertaines pour la suprématie). Une personnalité narcissique peut aussi apporter un peu de sel à une soirée ou dans une rencontre si elle dispose d'un minimum d'humour, mais elle aura globalement du mal à s'intégrer à la vie d'un groupe, à moins d'en être le leader. Au quotidien, les personnes narcissiques sont de commerce peu agréable, et suscitent au bout d'un moment plus d'agacement que d'admiration.

Quand le seuil pathologique est franchi...

Les problèmes causés par le narcissique ne viennent pas tant de la dilatation de l'ego et de l'adoration de soi (encore que cela puisse être un peu lassant), mais de son irrépressible tendance à l'oubli, et même parfois au mépris, des autres. C'est cette dimension qui signe les tendances narcissiques pathologiques, associée aux dérapages comportementaux et verbaux qui en découlent : fonctionnant comme des seigneurs féodaux de l'Ancien Régime face à de vils manants, les narcissiques s'arrogent des droits supérieurs, le font savoir et ont tendance à ne pas écouter, à ne pas respecter, à ne pas remercier, etc. Ce qui agace rapidement...

*Est-ce qu'il y a
un miroir
dans le coin ?*

LES CRITÈRES DE LA PERSONNALITÉ NARCISSIQUE

- Besoin de se mettre en avant et d'être admiré.
- Manque d'empathie et de respect pour autrui.
- Sentiment de mériter le meilleur, d'être digne des plus grands égards, mais sans se sentir pour autant tenu à la réciprocité.
- Attitudes sociales cassantes et méprisantes envers les personnes jugées subalternes, qui ne servent que de faire-valoir ou de sources de compliments et de services rendus (évidemment, sans réciprocité).
- Conviction d'avoir des droits supérieurs à ceux des autres en raison de ses qualités particulières : dépasser les limitations de vitesse automobile du fait que l'on est un très bon conducteur avec une très bonne voiture ; passer devant les autres dans une file d'attente du fait de ses responsabilités, plus importantes, et de son emploi du temps, plus chargé…
- Soin important apporté à son apparence physique et vestimentaire.
- Étalage de ses marques de statut social : diplômes, décorations, voiture, cartes bancaires, vêtements griffés, connaissances culturelles…
- Colère et ressentiment en cas de frustration.
- Tendance à la manipulation et à l'exploitation d'autrui.
- Goût immodéré pour les privilèges, les billets coupe-file, les invitations VIP et les passe-droits en tout genre.
- Désir de séduire les personnes importantes ou de pouvoir, afin d'obtenir des avantages. Par exemple, chez un médecin, ne pas avoir à respecter les horaires de rendez-vous, bénéficier d'un temps de consultation plus long que les autres patients, de plus d'égards…

Le mythe de Narcisse

Jeune homme d'une grande beauté, Narcisse faisait chavirer les cœurs de beaucoup de nymphes et de nymphettes, mais il les repoussait toutes avec dédain. L'une d'entre elles, Écho, s'en laissa mourir de chagrin. Furieuses, les autres nymphes demandèrent à Némésis, déesse de la Vengeance, de punir l'insensible égoïste. Elle lui lança alors cette malédiction : « Puisse-t-il aimer enfin et ne jamais posséder l'objet de son amour ! » Peu après, Narcisse découvre pour la première fois son reflet dans une source limpide, et tombe éperdument amoureux de lui-même. Fasciné par son image, il finit par mourir d'inanition et se transforme en la fleur qui porte depuis son nom. Le mythe nous éclaire sur les limites de l'amour de soi s'il n'est pas associé à l'amour d'autrui.

Comprendre les narcissiques

La clé du comportement narcissique réside dans l'estime de soi. Celle des personnalités narcissiques est très haute : « Je suis quelqu'un de merveilleux, et les autres ont de la chance de pouvoir profiter de moi. » Mais elle est aussi très fragile : « En fait, suis-je vraiment si merveilleux ? En tout cas, je vais faire comme si je l'étais, pour en convaincre les autres et me convaincre moi-même. »

D'où la nécessité de prothèses extérieures à l'estime de soi (les marques de statut et le goût immodéré pour la frime et l'autopromotion), l'incapacité à s'intéresser aux autres (toute l'énergie psychique est consommée dans l'obsession de soi) et le besoin de les rabaisser (s'ils sont trop proches, ils deviennent des concurrents potentiels).

Les personnes narcissiques sont exposées aux épisodes dépressifs du fait de la tension intérieure associée à leur fonctionnement mental : toujours sur le qui-vive pour maintenir leur suprématie supposée, elles sont aussi souvent en butte à l'envie, la jalousie, ou au ressentiment. Autre facteur de risque dépressif : elles sont en général affectivement isolées, malgré une vie mondaine apparemment riche. En phase dépressive, leur discours est alors fréquemment marqué par l'amertume et le ressentiment : on n'a pas compris leur valeur, on les a trahis, on s'est montré mesquin à leur égard…

Les narcissiques donnent l'impression d'appartenir à cette catégorie de personnes « nées sans la capacité de s'intéresser aux autres », selon l'expression de l'humoriste Edward Sorel. Mais ils ont des excuses : on retrouve souvent chez eux des parents eux-mêmes narcissiques, qui soit les ont négligés (trop occupés par eux-mêmes), soit les ont trop valorisés, leur apprenant leur immense valeur en oubliant de leur rappeler celle des autres humains. Enfin, il arrive aussi que le narcissisme soit le fait d'anciens enfants résilients qui se sont ainsi sortis d'un passé d'humiliations et d'abaissements.

La maman de Jacques-Alain aimait beaucoup se regarder et qu'on la regarde. Mais il semble qu'elle n'ait pas beaucoup regardé son rejeton.

Du coup, celui-ci faisait le beau et l'intéressant pour attirer l'attention. En classe, il levait toujours le doigt, même s'il ne connaissait pas la réponse.

En grandissant, ça ne s'est pas arrangé. Très élégant et toujours confiant, il avait beaucoup de succès. Dans une soirée, il aurait très mal supporté de ne pas être le plus remarqué.

Il sortait toujours avec les plus belles filles, et voulait que ça se sache.

Au début, ça leur plaisait toutes ces sorties. Jusqu'au jour où elles comprenaient...

... que ce qui l'intéressait surtout, c'est qu'on dise de lui : « Il sort avec les plus belles ! »

Jacques-Alain déteste les files d'attente. « C'est bon pour les médiocres qui n'ont rien d'important à faire ! »

Et qui roule dans ce 4x4 dernier modèle, à deux cents à l'heure? C'est Jacques-Alain !

Il adore les miroirs, qui lui renvoient
sa merveilleuse image.
Il aurait pu faire du cinéma...

Jacques-Alain est directeur
commercial. Être beau et sûr de soi,
ça aide dans ces boulots commerciaux.
Beaucoup de gens l'admirent.

En réunion d'équipe, il veut que
toute le monde participe, sauf qu'il
ne voit pas très bien pourquoi il y a parfois
des gens qui veulent rajouter quelque
chose après qu'il a parlé.

Dans les soirées il aime bien
tirer la couverture à lui.
Parfois, il y a des gens qui ne l'aiment pas.

Il a même des ennemis qui l'appellent
"ce sale con de Jacques-Alain".
C'est vrai qu'il est parfois un peu méprisant...

Mais le problème, c'est
que la plupart des autres
hommes sont jaloux de lui.

Les croyances qui façonnent la vision du monde de la personne narcissique

Voici une liste de phrases fréquentes à l'esprit des narcissiques ; autant s'en souvenir lorsqu'on a affaire à eux…

— Je suis mieux que les autres.
— Ils doivent le reconnaître et en tenir compte.
— S'ils ne le font pas, c'est qu'ils sont idiots, jaloux ou les deux.
— J'ai droit à des égards et à un traitement spécial du fait de ma supériorité.
— Je n'ai pas à respecter les règles et les lois, qui sont faites pour des gens ordinaires. Et moi, je ne suis pas ordinaire.
— Si on me critique, c'est qu'on est jaloux ou qu'on n'a rien compris.
— Si on résiste à mes arguments, c'est qu'on est stupide ou de mauvaise foi.
— Ceux qui me sont supérieurs le doivent à la chance ou au piston.
— Est-ce qu'il y a un miroir dans le coin ?
— Chacun pour moi…

Ce qui peut rendre une personne narcissique encore plus narcissique...

Connaître l'existence de ces quelques « starters de narcissime » vous évitera peut-être certaines complications, ou vous permettra éventuellement de mieux vous y préparer...
— L'existence d'un public.
— Le fait de ne pas être au centre de l'attention.
— Les critiques, les remises en question.
— La présence de personnes plus brillantes, plus jeunes, plus belles, plus diplômées, etc.
— Échouer ou être mis en échec devant les autres ; toutes les « défaites sociales ».
— Vieillir, moins attirer l'attention sur soi, moins briller.

Ce qui peut aider à la cohabitation avec les narcissiques

- Faites-vous respecter en vous respectant vous-même : tolérez les fanfaronnades, mais n'acceptez pas la moindre dévalorisation de votre travail ou de votre personne. Signalez gentiment et calmement, en tête à tête, que vous n'appréciez pas et que vous souhaitez que cela ne se reproduise pas.
- Rappelez-leur la nécessité de l'écoute et du respect des autres.

— Si vous les critiquez, soyez précis et concis. Ne le faites jamais en public.
— Soyez discret sur vos propres succès et privilèges.
— Ne vous attendez pas à de la reconnaissance ou à de la gratitude si vous leur rendez service.

Ce que nous apprennent les narcissiques

« Ce qui nous rend la vanité des autres insupportable, c'est qu'elle blesse la nôtre » : c'est toujours notre bon vieux La Rochefoucauld… Eh oui ! Finalement, ce que les narcissiques titillent en premier chez nous, c'est notre propre narcissisme. Ils peuvent donc nous rendre de grands services en nous apprenant à nous estimer sans chercher à dominer, c'est-à-dire à travailler notre humilité, selon la définition qu'en donne Comte-Sponville : « L'homme humble ne se croit – ou ne se veut – pas inférieur aux autres : il a cessé de se croire – ou de se vouloir – supérieur. »

Merci pour la leçon, camarades narcissiques…

ÇA DOIT ÊTRE DUR DE NE PAS ÊTRE MOI !

NARCISSIQUE FAISANT UN EFFORT POUR S'INTÉRESSER AUX AUTRES

4. LES NÉGATIVISTES

**« De toute façon,
ça finira mal... »**

Aujourd'hui la roue, demain les embouteillages et les accidents de la route !
Laisse tomber !

NÉGATIVISTE, **moi** ?

QUESTIONNAIRE	Faux	Plutôt faux	Plutôt vrai	Vrai
Je vois toujours les problèmes avant tout le monde.				
Je réfléchis longtemps avant d'agir, pour ne pas faire d'erreurs.				
On me traite parfois de rabat-joie simplement parce que je donne mon avis.				
Je suis rarement enthousiaste, parce que je suis trop lucide.				
Je repère très vite les défauts et les limites des gens.				

Votre profil en fonction du total des points :
faux = 0 ; plutôt faux = 1 ; plutôt vrai = 2 ; vrai = 3.
De 0 à 5 : peu négativiste.
De 6 à 10 : un peu négativiste.
11 et plus : plutôt négativiste.

Si vous vous êtes dit « Pff, ce genre de questionnaire me fatigue, c'est stupide et ça ne sert à rien, alors je ne le remplis pas », attribuez-vous le maximum de points. Et lisez attentivement le chapitre…

LA PERSONNALITÉ NÉGATIVISTE

Le négativisme, c'est une irrésistible tendance à ne voir, dans une situation donnée, que ce qui ne va pas, le côté sombre et les problèmes présents (négativisme à proprement parler) ou futurs (pessimisme, la composante anticipée du négativisme). Irrésistible tendance à voir le négatif, donc, mais aussi à faire savoir qu'on l'a vu! D'où les problèmes posés par les négativistes : ils gâchent le plaisir des autres, en plus du leur…

Un peu de négativisme, pourquoi pas ?

Au départ, il y a chez ces personnes le souhait d'éviter les excès de naïveté et d'anticiper les problèmes. Il y a aussi le désir d'éviter des catastrophes aux autres, ou de simples ennuis. Vous connaissez la définition d'un optimiste donnée par un négativiste ? C'est quelqu'un qui commence ses mots croisés avec

LES CRITÈRES DE LA PERSONNALITÉ NÉGATIVISTE

- Fréquence des prédictions négatives face à l'avenir : « Ça ne marchera pas », « Il ne fera pas beau », « Ils vont perdre le match », « Les examens seront sûrement mauvais », etc.

- Si les prédictions négatives ne marchent pas, le sujet trouve une justification (« Oui, mais ça aurait pu tout de même... ») ou émet une autre prédiction négative (« De toute façon, ça ne durera pas », « La prochaine fois, ce ne sera pas si simple »). Il ne garde pas ensuite en mémoire son « échec prédictif ».

- Si les prédictions négatives marchent, le sujet le fait savoir à son entourage (« Je l'avais bien dit », « Le problème, c'est que personne ne m'écoute, ici »). Il mémorise soigneusement l'épisode dans son stock de pièces à conviction.

- Attention particulière et systématique prêtée à tous les détails qui clochent (« Oui, cette maison de vacances est sympa, mais le jardin est un peu petit »), aux défauts des personnes (« Ce voisin est serviable, mais il faut supporter sa conversation insipide »), aux imperfections des situations (« Pff, on attendait l'été avec impatience, mais là, il fait vraiment beaucoup trop chaud »).

- Difficultés à se réjouir, au prétexte que ce n'est pas tout à fait parfait ou que cela n'est que passager.

- Tendance à minimiser autant l'importance et l'intérêt des événements positifs qu'à maximiser celle des événements négatifs (« Oui, notre fille est gentille et travaille bien en classe, mais elle est trop fragile et pas assez sûre d'elle, cela lui posera de gros problèmes dans la vie »).

- Jugement négatif et un rien méprisant sur l'optimisme des autres, perçu comme une preuve de bêtise ou, au mieux, de naïveté. Le pessimisme est au contraire considéré comme une preuve d'intelligence, de lucidité.

78

un stylo à bille ! Très bien… On peut ainsi apprécier les personnes négativistes pour un certain degré de lucidité et leur capacité à pressentir les problèmes pour mieux les éviter ou mieux s'y préparer. Et on les appréciera d'autant plus que l'on évoluera dans un environnement hostile, dangereux, difficile.

Pourtant, une fois le navire revenu en eaux calmes, les négativistes peuvent devenir agaçants. Bien que le rôle de paratonnerre à soucis qu'ils adoptent volontiers continue de rendre service (« Quand on part avec lui, pas besoin de se faire des soucis, il s'en occupe… »), leur propension à voir dangers et problèmes partout fatigue, et parfois contamine (« Tu nous gâches le plaisir… »).

Quand le seuil pathologique est franchi…

La frontière entre le négativisme qui amuse ou qui aide, qui reste adaptatif, et celui qui pèse et irrite, qui n'est plus adaptatif, tient à trois points.

Le négativiste pathologique :

— ne sait pas du tout se réjouir dans les bons moments ;

— cherche à convaincre les autres qu'il a raison de ne pas se réjouir et, surtout, qu'ils sont niais de le faire ;

— glisse dans la passivité, la démission, le fatalisme (« Il n'y a rien à faire ! »).

Il faut toujours
prévoir le pire
pour ne jamais
être déçu.

Cassandre et Jérémie

Les deux plus grandes figures du panthéon négativiste sont sans doute Cassandre et Jérémie.

Fille du roi Priam, Cassandre est une figure majeure de la mythologie et de la littérature grecques. Possédant le don de prophétie, la Troyenne était aussi l'objet d'une malédiction qui la condamnait à ne jamais être crue. Ennuyeux, pour une voyante... Malgré ses mises en garde à propos du cheval de Troie, ses compatriotes firent entrer ce dernier dans la ville, avec les suites tragiques que l'on connaît. Rescapée du massacre et emmenée prisonnière par les vainqueurs grecs, Cassandre continua de tout voir venir, meurtres et assassinats, dont elle finit par être la victime (ce qui ne la surprit pas). L'expression « jouer les Cassandre » est depuis appliquée à toutes les personnes qui annoncent des catastrophes.

Autre grand négativiste, Jérémie, prophète de l'Ancien Testament et auteur supposé des célèbres Lamentations. Lui aussi avait vu venir tous les malheurs de ses contemporains : destruction du Temple, exil, prise de Jérusalem, etc. Il fut finalement mis à mort par ses congénères, peut-être exaspérés par ses prédictions effroyables et insistantes, et qui avaient le tort de systématiquement se réaliser. D'où l'habitude de nommer « jérémiades » des plaintes incessantes et dérangeantes.

Nous aurions pu citer aussi, dans la Bible, l'Ecclésiaste (« Vanités des vanités, tout n'est que vanité et poursuite de vent... ») et nombre d'autres, ce qui nous

ANATOLE SE DÉSOLE

Dès sa naissance, Anatole avait l'air d'un vieux sage, avec ses sourcils froncés et son regard noir...

À l'école, Anatole était toujours soucieux. En cas de mauvaises notes, il se faisait du souci pour son avenir.

Mais en cas de bonnes notes aussi...

Anatole faisait rire ses copains qui l'appelaient le schtroumpf grognon, car il râlait pour tout et tout le temps.

À la cantine

Pff!... Encore des frites!

En cours de gym

Pff!... Je parie qu'il va encore nous faire faire des pompes!

En cours d'anglais

Pff!... On va encore avoir une interrogation surprise!

Et quand elle n'avait pas eu lieu...

Pff!... C'est encore pire! On va l'avoir au prochain cours maintenant!

Au moins on aurait été débarrassés!

Plus tard, ses copains de fac l'appelèrent CVPM: «ça va pas marcher»... Anatole aimait les mathématiques, seule science exacte à ses yeux. Cela le rassurait.

La vie, par contre, qui n'est pas une science exacte, l'inquiétait un peu.

Anatole avait tout de même un côté dépressif assez marqué. À certains moments de grand découragement, il avait pensé au suicide.

Mais il y avait renoncé, persuadé qu'il se raterait.

Y'a Marie qui nous invite!

Anatole était un gentil garçon, mais il n'était pas rigolo tous les jours. Par exemple, il n'aimait pas les soirées, alors que sa copine adorait.

On va s'ennuyer comme la dernière fois!

Mais Anatole, ce n'était pas la soirée qui était ennuyeuse, mais toi qui avais décidé de t'ennuyer!

Il va faire chaud, trop de musique, plein de névrosés qui vont fumer comme des malades

On ouvrira les fenêtres, on mettra la musique moins fort, et on leur demandera de moins fumer!

Ça ne marchera pas.

On peut toujours essayer! Et si ça ne marche pas on quittera la soirée et on ira au cinéma tous les deux en amoureux!

Mais le film aura déjà commencé.

montre, d'une part, que le négativisme est une vieille histoire, et d'autre part, que la vie quotidienne dans l'Antiquité n'était toujours pas drôle…

Comprendre les négativistes

Les négativistes sont des inquiets qui doutent, et qui ont trouvé comme solution pour résoudre leurs inquiétudes face à l'avenir une attitude radicale : ne pas se réjouir, ne pas se leurrer et vivre par avance, au présent, les problèmes de l'avenir. Prendre une avance, commencer à attaquer une partie du gâteau amer des souffrances futures, pour en avoir moins à avaler le temps venu…

Évidemment, en procédant ainsi, ils limitent fortement leurs capacités d'accès au bonheur, mais comme, de toute façon, ils ne croient pas au bonheur – d'ailleurs, ce dernier les inquiète (« Ce sera tellement affreux de ne plus être heureux ») –, ce n'est pas bien grave à leurs yeux.

Comme tous les inquiets, les négativistes n'aiment pas rester seuls face au danger (sauf s'ils appartiennent au sous-groupe des « prophètes de malheur », qui au contraire apprécient d'être les seuls à avoir raison, avant les autres). Cela les rassure de recruter, de convaincre leur entourage que le danger et le malheur sont bien à leur porte. Leur tendance à démotiver, à décourager et à gâcher le plaisir des autres (ce qui les fait percevoir comme des rabat-joie et des pisse-vinaigre) n'est donc qu'une maladroite tentative de recruter des camarades de plainte et de souci.

Composante du négativisme, le pessimisme consiste à toujours préférer une certitude négative à l'incertitude.

Évidemment, les négativistes présentent presque toujours des problèmes de bien-être subjectif : ces personnalités ont du mal avec le bonheur, qu'elles ne savent pas savourer, par superstition (« Se réjouir peut porter malheur ») ou par anticipation (« De toute façon, cela ne durera pas »).

Dans le passé des négativistes, on retrouve souvent un des deux parents fonctionnant sur le même modèle, mais aussi des échecs répétés qui ont donné à la personne un sentiment d'impuissance face aux événements. Ces vécus d'« impuissance apprise » sont d'ailleurs un facteur de risque dépressif. Et ils représentent au minimum une démotivation pour l'action au quotidien (« à quoi bon ? »).

Les croyances qui façonnent la vision du monde de la personne négativiste

Voici une liste de phrases fréquentes à l'esprit des négativistes ; autant s'en souvenir lorsqu'on a affaire à eux...

— Ça ne marchera pas.
— Il faut toujours prévoir le pire pour ne jamais être déçu.

- Il y a toujours un truc qui cloche.
- Si un problème est possible, il arrivera.
- Quand tout va bien, c'est que des ennuis se préparent.
- Les gens sont bien naïfs d'espérer et bien aveugles de se réjouir.
- Le bonheur n'existe pas.
- Inutile de se débattre, ce qui doit arriver arrivera de toute façon.
- La plupart de nos actions sont vaines.
- Je me demande pourquoi je continue de vous parler...

Ce qui peut rendre une personne négativiste encore plus négativiste...

Connaître l'existence de quelques « starters de négativisme » vous évitera peut-être certaines complications, ou vous permettra éventuellement de mieux vous y préparer...
- Ce qui est imprévu : « Je déteste ne pas avoir le temps de prévoir à l'avance ce qui pourrait mal se passer ».
- Ce qui est compliqué : « Il n'y a pas de solutions ».
- Les obstacles et les complications, l'adversité : « Ça finira très mal » ; et, pour les négativistes imparfaits, c'est-à-dire avec quelques particules d'optimisme, « Tout s'arrange, même mal ».
- Les succès et les bons moments : « Un, ça ne durera

BÉBÉ EST NÉ !

TOURNEZ LA PAGE SVP

90

pas, deux, ça finira mal, et trois, ce sera encore plus pénible que si ça s'était passé mal dès le début ».

— Évidemment, les sollicitations du genre « Tu en penses quoi, toi ? » ou les incitations à se réjouir telles que « Tu ne trouves pas qu'il fait beau aujourd'hui ? » représentent pour les négativistes d'insondables provocations…

Ce qui peut aider à la cohabitation avec les négativistes

— Leur rappeler la nécessité sociale de prononcer aussi, au moins de temps en temps, au moins pour la forme, des paroles positives, pour éviter l'étiquette de grincheux négativiste et l'exaspération de leur entourage, parfois suivie d'une mise à l'écart (« Il me déprime trop, toujours à râler… »).

— Faire preuve de tolérance envers leur pessimisme, tout en leur expliquant qu'il ne s'agit que de leurs hypothèses et de leur vision du monde. Concernant la prédiction de l'avenir, le pessimiste n'a pas plus souvent tort que l'optimiste, mais pas plus souvent raison non plus…

— Leur rappeler en revanche que les optimistes, dans l'attente de l'événement, bénéficient au moins d'un meilleur moral (bénéfice émotionnel de l'optimisme).

— Que ce meilleur moral les pousse, paradoxalement, à agir plus efficacement que les pessimistes, ce qu'ont

montré des études sur les comportements de prévention en matière de santé : les optimistes tiennent mieux compte que les pessimistes des recommandations médicales, tout simplement parce qu'ils voient que leurs efforts seront utiles. En effet, un des risques avec les négativistes réside dans une certaine passivité face aux difficultés, que le sujet va souvent avoir tendance à subir au lieu de tenter de les prévenir ou de s'y adapter.

— Insister sur la vérification de leurs prédictions sur la durée, pour souligner que nombre de leurs attentes négatives ont été invalidées.

— Aborder avec eux la question de la lucidité : c'est quoi exactement ? Être lucide, ce n'est pas seulement voir les problèmes éventuels, mais aussi en évaluer le risque de survenue. Et parfois, être capable d'agir sans certitudes, sinon sans espoir.

Ce que nous apprennent les négativistes

Madame de Sablé, contemporaine et proche de La Rochefoucauld, écrivait : « La contradiction doit éveiller l'attention, et non pas la colère. Il faut écouter et non fuir celui qui contredit. » Et encore moins l'assassiner, ce qui arriva à nos héros négativistes Cassandre et Jérémie... De fait, la pire des choses qui pourrait arriver aux humains serait sans doute de ne plus écouter du tout les négativistes. Nous avons dit à quel point les temps bibliques devaient être durs aux humains pour qu'ils aient engendré tant de grandes figures du négativisme, mais nos temps modernes nous poussent volontiers à l'excès inverse : ne plus vouloir entendre les mauvaises nouvelles, entretenir le culte du « tout va très bien, madame la Marquise » et ne plus voir le monde qu'au travers des sourires aseptisés des plateaux de télévision. Finalement, le négativisme, ça a parfois du bon !

Merci pour la leçon, camarades négativistes...

5. LES PARANOS

« Méfiance... »

98

99

PARANO, **moi** ?

QUESTIONNAIRE	Faux	Plutôt faux	Plutôt vrai	Vrai
Je suis susceptible.				
Il ne faut jamais accorder sa confiance trop vite.				
Je me suis déjà fâché(e) avec pas mal de personnes dans ma vie.				
Je me méfie des compliments.				
Si des gens rient dans la rue, mon premier réflexe est de me demander si ce n'est pas de moi.				

Votre profil en fonction du total des points :
faux = 0 ; plutôt faux = 1 ; plutôt vrai = 2 ; vrai = 3.
De 0 à 5 : peu paranoïaque.
De 6 à 10 : un peu paranoïaque.
11 et plus : plutôt paranoïaque.

Si vous vous êtes dit « Je n'aime pas ce genre de questionnaire, encore moins l'idée que quelqu'un puisse lire mes résultats après moi, alors je ne le remplis pas », inutile de faire vos calculs sur un brouillon au crayon (pour pouvoir effacer) : attribuez-vous le maximum de points. Et lisez attentivement le chapitre…

LA PERSONNALITÉ PARANOÏAQUE

Les tendances paranoïaques se caractérisent par une méfiance excessive et inadaptée : froideur et distance si on ne connaît pas les gens (on garde ses distances), inquiétude et vigilance si on les connaît (on surveille que leurs intentions restent bonnes).

Mais il y a aussi chez les personnes qui souffrent de traits paranoïaques une rigidité du raisonnement qui rend les discussions avec elles très éprouvantes, épuisantes même, tant elles ont de grandes difficultés à se remettre en question et à reconnaître leurs torts.

Les paranoïaques sont donc des personnalités particulièrement pénibles au quotidien : leur méfiance les pousse à surveiller sans cesse de tout petits détails, et leur rigidité les conduit à en faire chaque fois un drame.

Un peu de paranoïa, pourquoi pas ?

Méfiance et prudence peuvent quelquefois rendre des services : la vie n'est pas un long fleuve tranquille. Un peu de suspicion est parfois légitime (au moment d'acheter une voiture d'occasion, par exemple), et peut aider à survivre en milieu hostile : imaginez que vous soyez en mission d'espionnage à l'étranger, que vous déambuliez dans un quartier inconnu et réputé dangereux ou que vous soyez cadre d'entreprise ou de parti politique voulant conquérir le pouvoir (mais avec beaucoup de concurrents aux dents longues voulant le même poste que vous).

De même, un peu de rigidité peut aider dans ses contextes particuliers et se révéler adaptée à certaines tâches : phase finale des négociations commerciales, contrôle fiscal, causes à défendre dans le milieu juridique…

De façon générale néanmoins, les traits paranoïaques sont un obstacle à de bonnes relations sociales. Avec les sujets paranoïaques, suspicieux, rigides, peu affectueux, les échanges sont toujours sous haute tension, l'entourage a toujours peur de la phrase de trop ou du détail qui allume la suspicion (« Qu'est-ce que tu viens de dire là ? Pourquoi as-tu dit ça ? Pourquoi as-tu fait ça ? »).

Quand le seuil
pathologique est franchi...

Les difficultés arrivent lorsque les sujets n'arrivent plus à moduler leur méfiance et leur froideur, n'arrivent plus à « faire semblant » et à accomplir le minimum social : sourire et échanger quelques mots lorsqu'on leur présente une nouvelle connaissance, renoncer à « coincer » l'autre dans ses derniers retranchements lors d'une discussion, etc.

L'apparition de menaces et de réactions « punitives » (insultes, critiques, bouderie, mise à l'écart...) dispro-portionnées par rapport aux « offenses » supposées est aussi un mauvais signe, qui montre que le paranoïaque a franchi le stade du simple soupçon pour en arriver à

la conviction qu'on a voulu lui nuire, et qu'il lui faut infliger une punition ou un avertissement.

Il existe deux grands profils de personnalités paranoïaques : la famille des « paranoïaques sensitifs », qui regroupe les sujets les plus manifestement vulnérables et fragiles, souvent timides, émotifs et dépressifs, et la famille des « paranoïaques de combat », psychorigides, agressifs, irritables et querelleurs.

Quelles sont les différences avec le délire paranoïaque ? Elles résident dans l'absence (ou la rareté) de passages à l'acte agressifs, dans la multiplicité des petits conflits plutôt que dans la focalisation affective sur un seul, et dans l'existence d'autres pôles d'intérêt de l'individu que celui de se faire justice. Les vrais délires paranoïaques sont des maladies graves, nécessitant un traitement psychiatrique sérieux, et parfois l'intervention de la police ou de la justice, notamment lorsque les patients délirants ont décidé de régler eux-mêmes leurs problèmes.

Paranoïa et pouvoir

Il existe des liens nombreux entre paranoïa et pouvoir. On retrouve souvent de simples traits paranoïaques (méfiance, hypertrophie du moi, entêtement, difficultés à reconnaître ses torts) chez les hommes de pouvoir « normaux », qui doivent toujours se méfier de leurs concurrents, et même de leurs collaborateurs.

Tous les grands personnages politiques, de droite comme de gauche, ont eux-mêmes trahi, souvent et salement, pour en arriver à leurs fins.

La personnalité paranoïaque non régulée par la concurrence ou par des contre-pouvoirs aboutit rapidement à un exercice délirant du pouvoir, de type dictatorial et tyrannique : parmi les paranoïaques les plus célèbres de l'Histoire, citons Néron, Hitler, Staline... Inversement, et comme par contagion, les régimes totalitaires, par nature paranoïaques, induisent de la paranoïa chez les malheureux citoyens qui en sont victimes ; cette paranoïa est hélas justifiée, puisqu'on a vraiment intérêt à se méfier de tout le monde, à ne pas faire confiance, à ne pas baisser la garde, à se dire qu'un ennemi peut se cacher derrière un sourire...

Comprendre les paranoïaques

Paradoxalement, la clé de la personnalité paranoïaque réside dans sa vulnérabilité. En matière d'estime de soi et de vie émotionnelle, les paranoïaques sont très fragiles, mais ils ont décidé de lutter contre leur fragilité et leurs doutes par ce qu'on appelle des « mécanismes de défense », c'est-à-dire des stratégies plus ou moins inconscientes comme le déni (refuser de reconnaître ses problèmes) ou la projection (attribuer la responsabilité de ses difficultés aux autres).

Je n'aime
pas beaucoup
la manière
dont vous
me regardez.

LES CRITÈRES
DE LA PERSONNALITÉ PARANOÏAQUE

- S'attend toujours à de mauvaises intentions de la part d'autrui (qu'on l'exploite, qu'on lui mente, qu'on dise du mal de lui...).
- Orgueil et prétention, parfois masqués et dissimulés.
- Accorde difficilement sa confiance, et la retire définitivement au moindre prétexte.
- Interprète des petits détails, comme un sourire ou l'oubli de le saluer, et embraye dessus pendant des heures, des jours, des mois, voire l'éternité (le problème pourra être redéballé à des années de distance).
- Convaincu qu'il n'y a pas de hasard : tout est explicable et intentionnel.
- Tous les détails ont un sens, et sont interprétables et interprétés.
- Rancunier, ne pardonne quasiment jamais.
- Volontiers procédurier, même pour des conflits mineurs.
- Ne lâche jamais prise, car il aurait alors l'impression de donner raison à son interlocuteur et de s'humilier lui-même.
- Dans sa vie affective, très jaloux et soupçonneux.
- Introspection pauvre, peu capable de recul et d'auto-analyse.
- S'engage dans des cercles vicieux autoaggravants et autovalidants (plus il est soupçonneux, plus on lui cache des choses pour se simplifier la vie et éviter des drames, mais plus cela lui donne des raisons de se méfier, etc.), d'où des difficultés relationnelles en nombre croissant...
- Épuisant et inquiétant aussi, car capable d'obsessions et de revendications incessantes, pouvant conduire une véritable guerre d'usure.

Achille n'est pas facile...

Tout petit déjà, Achille n'était pas un enfant facile...

Un jour, son père lui lit « Boucle d'or et les trois ours »...

> Quelqu'un en mon absence a touché à mes affaires...

Eh bien pendant plusieurs mois, Achille vérifiait suspicieusement que personne n'ait bu dans son verre ni dormi dans son lit.

En classe, il protestait quand il devait aller au tableau.   Et au rugby...

Tous les ans à Noël, ses parents redoutaient l'esclandre. Achille surveillait attentivement que sa soeur n'ait pas plus de cadeaux que lui.

Un dimanche midi, lors d'un repas de famille, tout le monde mangeait des mandarines. Manque de pot, le seul qui piocha une mandarine avec pépins, c'était Achille.

Aujourd'hui encore, Achille s'en souvient, et pense que si cette mandarine se trouvait exactement en face de lui, ce n'était pas un hasard.

Devenu grand, Achille ne tombe pas amoureux facilement. Il se demande toujours si ses petites amies ne sont pas plus obsédées par son argent que par sa personne.

On pourrait s'installer ensemble...

Ben voyons!

Il finit par se marier avec une fille plus riche que lui.

Comme ça, au moins...

Mais après, il se demande si elle ne va pas le quitter parce qu'il n'est pas assez riche, justement.

Il est très jaloux et lui rend la vie impossible. Il la réveille en pleine nuit, pour obtenir des aveux.

Alors, c'est qui?

Avoue!

Hein? Quoi?

Elle finit par en avoir marre, et le quitte pour de vrai.

J'avais bien raison de me méfier!

Il continue à la surveiller, à rôder dans son quartier, car il aimerait bien vérifier l'existence de son amant.

Au restaurant, il ne fait pas bon être assis à la table voisine de celle d'Achille. Surtout si on a décidé de passer une bonne soirée...

...parce que si on rigole un peu trop, il a vite fait de refroidir l'ambiance.

C'est moi qui vous fais rire ?

Au boulot, ça ne se passe pas bien non plus. Achille est persuadé que ses collègues sont jaloux et complotent dans son dos.

Au bout d'un moment, tout le monde l'évite pour ne pas avoir d'histoires.

C'est bien la preuve que quelque chose se manigance contre moi !

Il a aussi la certitude d'être sur écoute.

C'est quoi ces bruits bizarres ?

Quant à son ordinateur, c'est pire que Fort Knox. Entre les mots de passe et les pare-feu, il y a des jours où même Achille n'arrive pas à y rentrer.

Achille rédige toutes ses notes (car il note tout) en serbo-croate, qu'il apprend depuis des années, pour être sûr que si un jour quelqu'un tombe dessus, il n'y comprenne rien.

Achille n'a pas de chance; même ses voisins sont de mauvais coucheurs.

Il y en a un dont les arbres perdent plein de feuilles, qui tombent dans le jardin d'Achille. Mais le voisin ne veut pas les couper. Achille lui a fait un procès.

Cet été, Achille est parti en vacances sur une petite île perdue, avec presque aucun touriste, pour être tranquille. Eh bien, vous ne le croirez pas, mais il y a eu des trucs bizarres...

Tous les matins, un avion avec une banderole publicitaire passait. Achille en est sûr: c'est un coup de son ex-femme !

113

Leurs doutes en matière d'estime de soi se traduisent ainsi par une pseudo-confiance, parfois une sorte de mégalomanie. Ils ne lâchent rien pour ne pas se faire dévorer par leurs doutes et dominer par les autres.

Leurs craintes de ne pas être aimés se transforment en hypervigilance à tout ce qui pourrait signifier un rejet ou une mise à l'écart.

Les paranoïaques sont souvent de grands affectifs qui ne s'assument pas, et leur fragilité émotionnelle est refoulée et transformée en froideur, en obsession du respect des règlements et des lois.

Les tendances interprétatives des paranoïaques sont comme un système d'amplification des menaces, mais avec le sentiment qu'elles ne sont dirigées que contre eux (à la différence des anxieux, qui voient des menaces partout mais qui voient bien qu'elles concernent tout le monde, et pas seulement eux).

Plus ils se sentent fragiles, ne maîtrisant pas les codes et les ressorts d'une situation, plus ils sont sur leurs gardes : tout le monde a pu ainsi faire l'expérience de miniréactions paranoïaques dans un pays étranger dont on ne comprend pas la langue.

Pourquoi et comment devient-on paranoïaque ? Les réponses sont encore loin d'être claires. Certaines personnes ont vécu dans un climat de violence et de mensonge dans leur enfance ; d'autres ont eu un parent lui-même paranoïaque. Il semble exister dans les familles des personnalités paranoïaques une plus grande fréquence des maladies dépressives (pour la

fragilité émotionnelle) et de troubles schizophréniques (pour la rapidité à interpréter de façon quasi délirante de tout petits détails).

Les croyances qui façonnent la vision du monde de la personne paranoïaque

Voici une liste de phrases fréquentes à l'esprit des paranoïaques ; autant s'en souvenir lorsqu'on a affaire à eux…

- Il faut toujours se méfier. Même des personnes qu'on connaît, même des proches.
- Surtout des proches. Ils nous connaissent trop bien.
- Plus on nous connaît, plus on sait comment nous nuire.
- Même sourires et gentillesses peuvent masquer de mauvaises intentions.

— On me cache plein de choses. Je dois chercher à les connaître pour mieux me préparer et me défendre.
— On parle de moi en mon absence.
— Même si on me dit que non, je sais que c'est vrai.
— Plus on me dit que non, plus cela veut dire en réalité que c'est vrai.
— Pas mal de gens ont intérêt à me nuire.
— Il ne faut pas se laisser faire.
— Il ne faut jamais lâcher le morceau.
— Le plus souvent, j'ai raison. Je sais mieux que les autres ce qui est vrai.
— Je n'aime pas beaucoup la manière dont vous me regardez.
— Ni l'insistance de vos questions…

Ce qui peut rendre une personne paranoïaque encore plus paranoïaque…

Connaître l'existence de quelques starters vous évitera peut-être certaines complications, ou vous permettra éventuellement de mieux vous y préparer…
— Tout ce qui est inhabituel, comme être plus ou moins aimable que d'habitude, parler plus ou moins longtemps que d'habitude à la personne paranoïaque, ou qu'elle vous voie parler plus ou moins longtemps que d'habitude à une autre personne. L'inhabituel est inquiétant pour un paranoïaque.
— Dire du mal de quelqu'un d'autre : le paranoïaque

pensera aussitôt que vous faites pareil sur son compte en son absence, ou que c'est pour détourner son attention du mal que vous pensez de lui.

— Tenir des propos pas clairs ou à double sens : ainsi, sous-entendus, humour et allusions vont déclencher des interprétations paranoïaques.

— Ne pas être fiable : tout retard, oubli ou négligence sera attribué non pas au hasard mais à quelque phénomène négatif (mépris, provocation, manigances…).

— Avoir des liens approfondis avec des personnes que le paranoïaque connaît. Plus la personne est proche de lui, plus vos liens avec elle représentent des menaces.

Ce qui peut aider à la cohabitation avec les paranoïaques

— Respectez soigneusement les formes (ponctualité, courtoisie).

— Pesez vos paroles, surtout lorsqu'il s'agit de critiques.

— N'annulez pas trop souvent de rendez-vous avec lui. N'oubliez pas de répondre à ses mails ou à ses courriers, ni trop vite (vous seriez obligé de faire pareil ensuite à chaque fois) ni trop tard (cela serait perçu comme une preuve de mépris).

— Évitez de vous trouver en défaut face à lui. Ne vous embarquez jamais dans une discussion contradictoire sans arguments étayés et cohérents.

— Ne lui cachez jamais la vérité, il s'en apercevrait et vous perdriez sa confiance.

— Ne le critiquez jamais devant d'autres personnes.

— N'oubliez jamais qu'il est très fragile : attention à ne pas le critiquer ou à remettre en question son estime de lui-même de façon brutale.

— Ne tombez pas vous non plus dans l'excès et la rigidité de jugement. Le diplomate Henry Kissinger disait que « même les paranoïaques ont des ennemis » : ils peuvent aussi, réellement, avoir raison lorsqu'ils pensent qu'on a voulu leur nuire...

— Sachez abandonner certaines discussions, ou y renoncer par avance.

— Posez en revanche des limites claires dans tous les domaines qui sont importants à vos yeux : rappelez-lui les règles du jeu avec courtoisie. Si on ne résiste pas aux paranoïaques, on se prépare des lendemains pénibles, et paradoxalement on aggrave leur cas en leur laissant le champ libre.

— Sachez parfois prendre la fuite pour toujours, lorsque la situation devient incontrôlable et que vous ne vous sentez pas assez solide.

Ce que nous apprennent les paranoïaques

Par leurs errances, ils nous apprennent trois choses essentielles pour ne pas devenir nous-mêmes paranoïaques (notamment après quelques années passées à leur contact). À savoir que pour ne pas devenir complètement fou en ce bas monde il est bien utile :

— d'accepter le hasard, et de reconnaître qu'il ne peut y avoir des coïncidences partout et tout le temps ;
— de supporter les signes de rejet, de désamour, et de ne pas en tirer des conclusions trop vite ;
— de lâcher prise parfois, même si on pense avoir raison.

Merci pour la leçon, camarades paranoïaques…

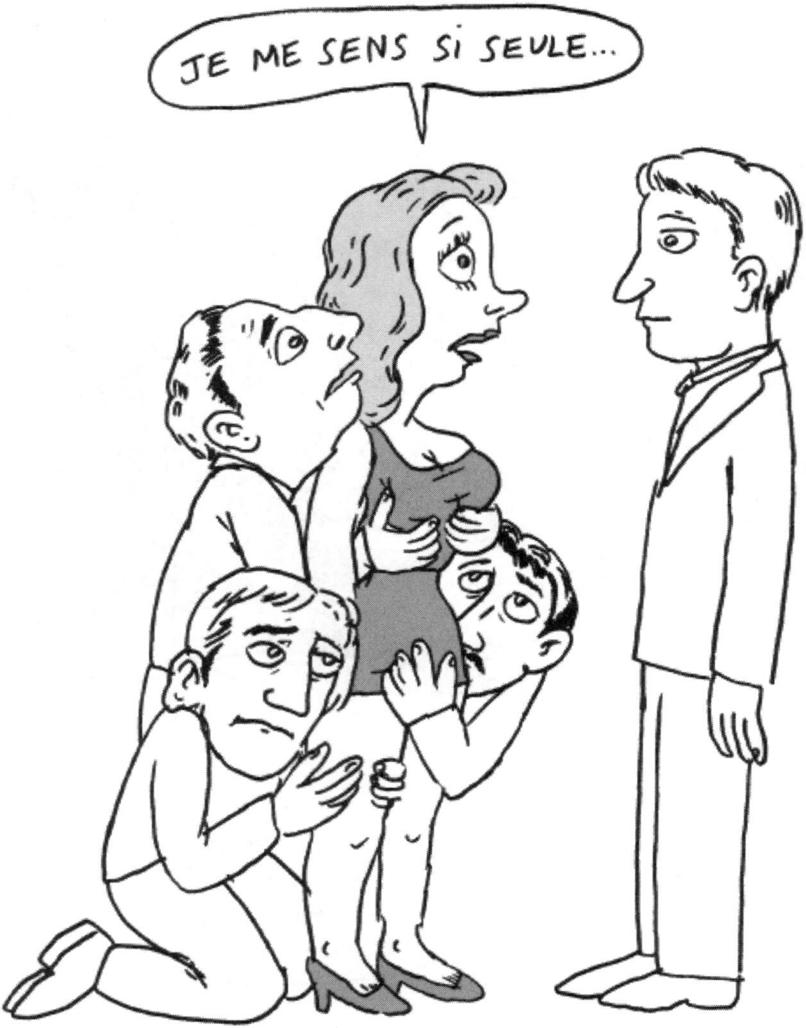
JE ME SENS SI SEULE...

6. LES HISTRIONIQUES

« Y a-t-il quelqu'un qui m'aime ici ? »

VOULEZ-VOUS ÊTRE L'HOMME DE MA VIE POUR CINQ MINUTES ?

HISTRIONIQUE, **moi** ?

QUESTIONNAIRE	Faux	Plutôt faux	Plutôt vrai	Vrai
J'aime bien qu'on me regarde.				
Je fais parfois un peu de cinéma pour obtenir ce que je veux.				
Je me sens mal si on ne fait pas attention à moi.				
J'aime séduire, mais sans avoir forcément envie d'aller plus loin…				
Je tombe facilement amoureux (se).				

Votre profil en fonction du total des points :
faux = 0 ; plutôt faux = 1 ; plutôt vrai = 2 ; vrai = 3.
De 0 à 5 : peu histrionique.
De 6 à 10 : un peu histrionique.
11 et plus : plutôt histrionique.

Si vous vous êtes dit « Histrionique, c'est quoi ce truc ? Ça n'a pas l'air bien bon… Quelles sont les bonnes réponses, et comment avoir le minimum de points ? », attribuez-vous le maximum de points. Et lisez attentivement le chapitre…

LA PERSONNALITÉ HISTRIONIQUE

Être histrionique, c'est aimer (ou donner l'impression que l'on aime) se donner en spectacle, et attirer l'attention sur soi. On parle aussi parfois de « personnalité en quête d'attention ». Comme les narcissiques, ces sujets ont un grand besoin d'attention, mais, à la différence de ceux-ci, ils ont plus besoin d'affection que d'admiration.

Un peu d'histrionisme ?

Des traits histrioniques peuvent parfois être utiles : dans le domaine artistique (où le désir de plaire peut aider à la créativité ou à l'expressivité), ou bien chez les enseignants, chez les orateurs ou chez les politiques (pour capter l'attention de leurs publics). Pourtant, cela n'est vrai que si ces capacités sont flexibles, si elles s'activent lorsqu'il y a un public et une performance à accomplir, un message à faire passer, puis si elles se mettent en veille ensuite, par exemple dans l'intimité.

Mais ce n'est pas toujours facile, lorsqu'on a des tendances histrioniques, de les mettre en sommeil. On pense toujours à l'effet que l'on fait, on est prisonnier de son image et on finit par agacer, donnant le sentiment d'une personnalité artificielle, d'une insincérité, de ce que les psys appellent un « faux self ».

Quand le seuil pathologique est franchi...

Il est lié à la part d'inquiétude que développe la personne histrionique dans la vie sociale, lorsqu'elle passe du désir d'être au centre de l'attention à la peur de ne pas y être.

Il est également associé à la perte du sens de l'autre : induite, par exemple, par la tendance irrésistible à vouloir séduire des personnes déjà engagées, à monopoliser l'attention dans des milieux où « cela ne se fait pas », etc.

Peu à peu, la personne authentique tend à se dissoudre dans le personnage public, à ne plus faire que jouer un rôle (on se comporte comme on pense que les autres attendent que l'on se comporte) et à se limiter à ce rôle : d'où un appauvrissement de son authenticité, un côté factice.

Parfois, l'excès et le théâtralisme deviennent chroniques et inappropriés : on se donne alors en spectacle tout le temps, même face à de parfaits inconnus et même dans une relation intime qui ne le nécessite pas du tout.

LES CRITÈRES
DE LA PERSONNALITÉ HISTRIONIQUE

- La personne est mal à l'aise lorsqu'elle n'est pas au centre de l'attention. Être en point de mire n'est pas seulement un plaisir (comme chez beaucoup d'entre nous) mais un besoin, qui rassure sur sa valeur personnelle.
- Dépendance aux regards et à l'approbation.
- Comportements de séduction, pas forcément érotisés, face aux interlocuteurs, surtout inconnus. Plus les personnes sont froides et distantes, plus le désir de séduire augmente (car le malaise et l'inquiétude à propos de leur jugement augmentent).
- Difficulté à rester neutre ou en retrait, tendance à se mettre en avant, si possible dans une pose valorisante.
- Le paraître l'emporte sur l'être.
- Expression émotionnelle souvent exagérée (dramatisation, théâtralisme).
- Perception des autres basée sur l'intuition et l'émotion plus que sur le raisonnement. Par exemple, dire « Untel est fantastique » mais s'avérer incapable, si on le demande, de décrire sur quels faits ou quelles qualités repose ce jugement.
- Ressentis internes souvent marqués par l'ennui, le spleen.
- Très influençable par des personnes ou par le contexte (c'est le dernier qui parle qui a raison).
- Tendance à idéaliser puis à rejeter les personnes de son entourage.
- Troubles de la sexualité, de la capacité à ressentir du désir ou du plaisir (impuissance chez les hommes, anorgasmie chez les femmes). Parfois, comportements sexuels compulsifs pour combler un vide, ou retrouver des sensations.

AU SECOURS! NOÉMIE A BESOIN D'AMOUR!

VOUS SAVEZ QUE VOUS ÊTES ABSOLUMENT FASCINANT?

Elle m'a déjà fait le coup!

Petite fille, Noémie avait déjà beaucoup de succès avec les garçons dans la cour de récréation.

Elle avait déjà le secret pour se faire désirer : séduire, puis se retirer.

Les petits garçons se bagarraient beaucoup pour elle dans la cour de récréation.

En pleurant, elle obtenait tout ce qu'elle voulait de son papa.

Ses sœurs avaient beau la dénoncer («Elle fait semblant, elle arrête dès que tu as le dos tourné!»)

C'était tellement bien imité que ça marchait à chaque fois.

Un peu plus grande, Noémie continuait de briser les cœurs. Mais pour sa part, elle s'intéressait beaucoup plus à ses professeurs mâles.

Elle rêvait d'aventures avec eux. Plus ils étaient distants et inaccessibles, plus elle en était folle. Heureusement pour elle, ça ne marchait pas.

Ça ne s'arrangea pas avec le temps. Noémie avait un problème avec l'amour : toujours en quête et toujours déçue.

Quand elle avait trop bu, elle pleurait dans les bras de ses copines, en leur disant : "Ils veulent tous coucher avec moi, mais personne ne sait m'aimer!"

Elle avait fait une tentative de suicide, à cause de tous ses malheurs.

Elle commença une psychothérapie, et peu à peu, elle comprit son problème.

Mais au bout d'un moment, Noémie en avait marre aussi de son psy, et en changeait.

Du coup, sa thérapie n'avançait pas aussi vite qu'elle aurait pu. D'ailleurs, elle avait tellement allumé son dernier psy mâle, qu'il lui avait sauté dessus...

Elle ne s'était pas laissé faire, mais en avait conclu que "tous les hommes sont nuls, même les psys".

Heureusement, Noémie a fini par trouver la bonne psy: une femme, et aveugle. Avec elle, Noémie se sentait en sécurité.

Parce que souvent, elle avait l'impression, parfois justifiée, de déclencher la jalousie des autres femmes.

Avec sa psy aveugle, elle n'avait plus ce genre de crainte. Noémie commençait à comprendre qu'il était normal que les autres nous déçoivent, que l'ennui n'était pas le signe d'un échec, mais juste le signe d'un besoin de stimulation et de choses nouvelles. Et qu'elle pouvait être appréciée sans mettre le feu chez les hommes et exaspérer les femmes.

De temps en temps, elle remonte sur la table et relève ses jupes, pour danser le flamenco dans une soirée,

ou elle parle un peu trop fort, et ça agace, mais elle le fait parce que ça l'amuse. C'est quand même pas désagréable de se sentir désirée, non ?

Elle ne se jette plus à la tête des gens, et du coup a moins besoin de les critiquer et de les mettre à distance ensuite. Ses relations aux autres sont plus stables.

Elle a même trouvé un nouvel amant, avec qui elle est depuis un an, son record. Il est calme, et l'aime sans trop l'admirer. Comme il lui fait du bien, elle l'appelle « mon médicament »...

Histrionisme et hystérie, même combat ?

Le terme « histrionique » tend à remplacer l'ancienne appellation « d'hystérique », et ce pour plusieurs raisons :
— le mot « hystérique » venait du mot grec signifiant utérus (on pensait que l'origine des « crises hystériques » venait de mouvements utérins anormaux), or les hommes sont aussi concernés ;
— l'appellation « hystérique » est devenue dévalorisante et sexiste ;
— le mot grec *histrion* signifie « acteur », ce qui correspond bien à une dimension importante de ce type de personnalité, le besoin d'attirer les regards, et la capacité (sinon le goût) de se donner en spectacle.

Comprendre les histrioniques

Le problème de l'histrionisme est celui d'un double malentendu, sexuel et émotionnel.

Sexuel, car la quête de la personne histrionique n'est pas sexuelle mais sentimentale (rencontrer quelqu'un qui l'aime et qui la sécurise), et même identitaire (pacifier son estime de soi en se sentant estimé par autrui).

Émotionnel, car les personnes histrioniques donnent l'impression d'une vie émotionnelle joyeuse et spectaculaire, alors qu'elles sont souvent habitées par le doute, l'inquiétude, voire la dépression ou la « menace dépressive », ce sentiment de fragilité que l'on tente de colmater par des émotions positives factices (emballements et émerveillements).

D'où des problèmes d'incompréhension : la personne histrionique est en réalité beaucoup plus fragile qu'on ne le croit.

On retrouve souvent chez ces personnes une pauvreté de la vie amicale, affective et amoureuse : la stabilité des liens, qui rend plus rares les expressions d'admiration ou de désir, frustre l'histrionique, qui va alors rechercher ailleurs de nouvelles sources d'attention.

La fragilité de l'estime de soi et les frustrations relationnelles inévitables (liées à la répétition de la séquence séduction-idéalisation-déception-rupture-sentiment de solitude, etc.) représentent des facteurs de risque dépressif importants. Les sentiments, souvent ressentis, d'inadéquation, de vide, de manque de passions et d'intérêts authentiques aggravent encore le tableau. Ces patients semblent particulièrement exposés à des épisodes dépressifs durant la période dite de « crise du milieu de la vie », avec notamment de fortes inquiétudes sur la perte de capacité de séduction physique, très investie par les personnes histrioniques.

L'origine de ces comportements histrioniques est difficile à établir et varie beaucoup d'une personne à l'autre. Avoir eu une relation de trop grande complicité avec un parent de sexe opposé, lui-même très attaché à l'importance de séduire et de plaire, peut être un facteur facilitant.

Les croyances qui façonnent la vision du monde de la personne histrionique

Voici une liste de phrases fréquentes à l'esprit des histrioniques ; autant s'en souvenir lorsqu'on a affaire à eux…

Croyances non conscientes
- Je suis nul (le), faible, moche, sans valeur.
- Je n'existe que si on me regarde et si on me désire.
- On ne peut pas m'aimer si on me connaît vraiment.
- Je ne peux me faire désirer que de loin.
- Si je laisse les autres trop s'approcher, ils réaliseront que je ne vaux rien.

Croyances préconscientes
- J'aime séduire.
- Je me sens exister lorsque je me sens désiré(e).
- En faisant semblant, je peux donner le change sur ma valeur.
- Pour avoir ma place, je dois séduire, faire le spectacle.
- Je ne veux pas être toléré(e), je veux être apprécié(e).
- Pour être apprécié(e) il faut attirer l'attention.
- Il faut à tout prix que je plaise, que j'attire, que je séduise.
- Sinon, mes émotions et mes pensées négatives reviennent : je me sens triste, abandonné(e) et sans valeur.
- Comment me trouvez-vous ?
- Est-ce que tout le monde me regarde, là ?

J'aime bien
qu'on me regarde
et qu'on me dise
qu'on m'aime.

142

Ce qui peut rendre une personne histrionique encore plus histrionique...

Connaître l'existence de quelques « starters d'histrionisme » vous évitera peut-être certaines complications, ou vous permettra éventuellement de mieux vous y préparer...

- La présence d'un public.
- Se sentir abandonné.
- Toutes les formes de rejet, de mépris, de désamour, de froideur.
- S'entendre dire « Tu n'as pas l'air en forme aujourd'hui » ou, pire encore, « T'as pris un petit coup de vieux ».
- Ne plus avoir de sollicitations, d'invitations.
- Vieillir, ne plus attirer les regards sur soi lorsqu'on tente de séduire.
- Se trouver confronté(e) à des rivaux plus jeunes, plus beaux, plus séduisants.

Ce qui peut aider à la cohabitation avec les histrioniques

- Attendez-vous à l'excès et à la dramatisation.
- Appréciez tout de même le spectacle et la variété. Grâce aux histrioniques, le monde est moins gris. Souvenez-vous de cette phrase de Chamfort : « La sagesse fait durer, mais les passions font vivre. »

- Soyez attentif et empathique toutes les fois que la personne histrionique a un comportement « normal », discret et sobre.
- Sécurisez-la par des compliments sur ses qualités réelles, qui ne sont pas forcément celles qu'elle met en avant pour séduire.
- Résistez à ses tentatives de séduction, restez calme lorsqu'elle vous met en disgrâce, et attendez patiemment en maintenant le lien. Lui pardonner ses sautes d'humeur l'aide à apprendre la stabilité. Le problème est bien connu des psychothérapeutes dans le cadre du transfert (les sentiments et les fantasmes que la personne histrionique projette sur vous) et du contre-transfert (ce que vous pouvez ressentir pour elle, ou plutôt pour son personnage).
- Encouragez-la à une pratique artistique régulière, qui l'aidera à exprimer ses besoins et ses capacités en matière émotionnelle.
- Gardez une distance, attentive et chaleureuse, mais une distance…
- N'oubliez jamais qu'une personne histrionique est une personne qui souffre, même derrière un masque aguicheur.

Ce que nous apprennent les histrioniques

Une patiente histrionique disait un jour à son thérapeute : « Je suis une belle vitrine, mais le magasin est vide… Bientôt, il n'y aura plus aucun client… » Ce que le philosophe André Comte-Sponville résumait à travers la formule, cruelle : « Beaucoup de charme au-dehors, beaucoup de vide au-dedans. »

Les personnalités histrioniques doivent attirer notre compassion plus que notre mépris. Comme le disait un ami psychiatre, lucide et humaniste : « Je ne vois jamais d'hystériques, que des femmes malheureuses. »

Les patients histrioniques se prennent eux-mêmes au piège de ce qu'ils croient être leurs désirs et les désirs des autres. Ne nous laissons pas piéger, nous aussi, par les apparences, et tendons la main au clown : il est toujours triste.

Merci pour la leçon, camarades histrioniques…

7. LES STRESSÉS ET AUTRES ÉNERVÉS HYPERACTIFS

« On se bouge ! »

148

STRESSÉ(E), **moi** ?

QUESTIONNAIRE	Faux	Plutôt faux	Plutôt vrai	Vrai
Je m'ennuie si je ne fais rien, par exemple en vacances ou en week-end.				
Je m'agace si les gens ne vont pas assez vite.				
J'ai toujours l'impression de manquer de temps.				
Je fais souvent plusieurs choses à la fois.				
Je déteste attendre.				

Votre profil en fonction du total des points :
faux = 0 ; plutôt faux = 1 ; plutôt vrai = 2 ; vrai = 3.
De 0 à 5 : peu stressé(e).
De 6 à 10 : un peu stressé(e).
11 et plus : plutôt stressé(e).

Si vous avez rempli ce questionnaire tout en regardant vos mails et en téléphonant pendant que vous écoutiez la radio, attribuez-vous le maximum de points. Et lisez attentivement le chapitre…

LA PERSONNALITÉ RÉACTIVE AU STRESS

Les personnalités stressées et énervées, que nous appellerons parfois ici d'un néologisme, les « stressé-nervées », se caractérisent par une réactivité excessive aux demandes (« stresseurs ») du quotidien : vouloir toujours tout faire, très vite et très bien. Ces sujets sont habités par un désir et un plaisir marqués dès qu'ils peuvent agir, et surtout sentir la situation sous leur contrôle.

Un peu de stress, pourquoi pas ?

Ces personnalités sont souvent hyperadaptées et performantes : réagir au stress par de l'activité et de la prise de contrôle permet souvent de faire face et de relever les défis (pour adopter le vocabulaire de ces personnes) et les demandes de l'environnement.

Ces sujets sont actifs, énergiques, soucieux de performance et efficaces. Pas de problème si tout roule.

Ils sont même souvent appréciés par les autres pour leur énergie et leur capacité à prendre les choses en mains : si vous êtes en retard pour faire les valises avant de prendre l'avion, un conjoint de ce type sera utile et adapté !

Mais ils sont aussi surexposés au stress, car les occasions d'être ralenti, contredit ou confronté à des obstacles ne manquent évidemment pas ici-bas lorsqu'on est un hyperactif désireux de changer son environnement ; et cela cause alors de grosses contrariétés. Il y a un coût émotionnel à ce type d'attitude, et parfois un coût relationnel…

Il s'agit finalement d'une forme de personnalité anxieuse qui soigne ses états d'âme par l'action et la maîtrise. Pourquoi pas ?

Sauf que…

Quand le seuil pathologique est franchi…

Il se caractérise par l'apparition d'émotions hostiles. En effet, dès qu'elles sont confrontées à un contretemps (devoir attendre, c'est-à-dire perdre son temps) ou dès qu'elles sont bloquées et empêchées d'agir (devoir être spectatrices, c'est-à-dire passives plutôt qu'actrices), ces personnalités réactives au stress sont en état de stress maximal, justement, et commencent à dégoupiller : énervement, irritation, colère parfois… Les autres sont des obstacles ; contretemps et incidents deviennent des scandales. On bascule alors du stress adaptatif au « stressénervement », sentiment d'urgence permanente et d'hostilité flottante...

Psychologie, stress et cardiologie : le « type A »

À la fin des années cinquante, un nombre croissant de cardiologues étaient frappés de voir beaucoup de leurs patients coronariens présenter par ailleurs des traits d'impatience et apparaître facilement stressés... jusqu'à l'infarctus. Ils menèrent des études sur plusieurs années, qui confirmèrent que certains traits de la personnalité – qu'ils nommèrent « personnalité de

LES CRITÈRES DE LA PERSONNALITÉ RÉACTIVE AU STRESS

- Toutes les attitudes regroupées sous l'appellation « lutte contre le temps » : impatience, intolérance à la lenteur chez les autres, énervement rapide dans les embouteillages ou les files d'attente, tendance permanente à essayer de faire plusieurs choses en même temps (téléphoner tout en conduisant ou en pianotant sur son ordinateur, regarder la télé en lisant un journal, marcher en rangeant son sac...), souci d'exactitude et allergie aux retardataires...

- « Lutte contre les autres » : sens aigu et parfois déplacé de la compétition, désir de « gagner » et de l'emporter dans les situations de la vie courante, même non ouvertement compétitives (parler plus que les autres, avoir le dernier mot, avoir raison ; gagner aux jeux de société ou lors de pratiques sportives amicales, comme un footing, un match de tennis ou un parcours de golf...).

- Fréquence des émotions hostiles : le stressé se sent vite agacé et irrité par les personnes qui le ralentissent (guichetières de la Poste qui prennent le temps de bavarder entre elles ou avec les clients, services publics en grève, etc.) ou qui s'opposent à lui (contradictions, critiques, débats d'idées politiques...).

- Engagement dans l'action : travaille beaucoup, prend ses activités à cœur, transforme facilement ses loisirs en tâches, ses week-ends et ses vacances en séminaires intensifs de pratiques sportives ou culturelles, etc.

- Une certaine tendance à l'hyperactivité et à la dispersion de l'attention en dehors des moments où l'on peut agir, parler ou « se bouger ». Au minimum, tendance à l'extraversion, au maximum, à la dispersion et aux troubles de l'attention (du mal à rester durablement concentré sur quelque chose qui ne change pas tout le temps).

- Difficulté à « ne rien faire », à se détendre, à se relaxer, à laisser passer le temps et à contempler le monde et la vie qui s'écoule, à être présent à l'instant.

*Il faut
que tout soit
sous contrôle.
Et vite !*

type A » — se caractérisant par une réactivité excessive aux sollicitations et aux obstacles du quotidien étaient bien des facteurs de risque cardio-vasculaire.

Par ailleurs, des études ultérieures montrèrent que c'étaient surtout les dimensions « hostilité » et « lutte contre les autres », plus que la lutte contre le temps et l'hyperinvestissement des tâches, qui représentaient le principal facteur de risque cardiaque.

Signalons qu'il existe à l'inverse, selon la classification des cardiologues, un « type B » aux attitudes opposées, c'est-à-dire paisible et prenant son temps. Pour simplifier et caricaturer, les personnages joués au cinéma par Bourvil incarnaient le type B, là où ceux que jouait de Funès représentaient un bon exemple de type A.

Comprendre les personnalités réactives au stress

C'est le désir de contrôle qui explique le fonctionnement de ces sujets, le sentiment qu'il est souhaitable et agréable de maîtriser toutes les situations qui se présentent.

Peu à peu cependant, ils perdent leur recul et entrent dans un fonctionnement de type addictif : dès qu'une situation se présente, ils se sentent tenus de la maîtriser totalement. Par exemple, pour faire les courses, ils vont faire une liste, ne pas s'attarder à bavarder avec les commerçants ou les voisins – ils percevraient ces péripéties comme des contretemps quand d'autres, au contraire, considéreraient qu'elles mettent du sel à la vie –, ils vont se dépêcher, s'énerver s'ils voient qu'il y a des files d'attente ou qu'ils ont oublié quelque chose, etc.

Ils finissent par fonctionner en mode « stimulus-réponse » : « S'il y a quelque chose à faire, je dois le faire. » Comme le disent les Américains, ils sont *task-oriented,* orientés vers la tâche (jusqu'à l'obsession parfois). Comme une addiction à l'action, au point de se sentir énervés par toute forme de contretemps, parfois jusqu'au conflit, qu'ils regrettent en général une fois retombé l'énervement de l'action entravée. Ils ont « un bon fond mais de mauvais réflexes ».

En matière de risque dépressif, ces personnalités sont sans doute plus sensibles que d'autres à l'échec et à la perte de leur statut social, qui les atteignent dans leur identité et leur raison d'être, ainsi qu'aux situations de perte de contrôle ou de restriction de leur marge de manœuvre, personnelle ou professionnelle : se trouver affecté à un poste où ils devront justifier toutes leurs décisions, « subir » des supérieurs hiérarchiques intrusifs, etc.

D'où cela vient-il ? Sans doute un zeste de génétique, puis un environnement (familial, scolaire, social) qui valorise la tendance à l'hyperinvestissement dans les tâches. Jusqu'au moment où la personne réalise qu'elle est en train de se rendre malade du stress, alors qu'elle pensait juste bien faire ce qu'il y avait à faire…

Les croyances qui façonnent la vision du monde de la personne réactive au stress

Voici une liste de phrases fréquentes à l'esprit des stressénervés ; autant s'en souvenir lorsqu'on a affaire à eux…

— Il faut que tout soit sous contrôle.
— Je peux le faire.
— Si personne ne me gêne, je réussirai sans problème.
— Sans obstacles, tout serait si simple.
— Il faut que tout marche parfaitement, sinon c'est énervant.
— Si les gens faisaient un peu plus d'efforts, tout irait mieux.
— La lenteur est souvent une preuve d'incompétence ou de mauvaise volonté.

HERVÉ L'ÉNERVÉ

Tout petit, Hervé était légèrement hyperactif.

Rigole pas ! Il est sur le toit, en train de tester son parachute pour atterrir sur le pommier !

Hervé était aussi somnanbule.

Ses copains l'appelaient "Speedy Gonzales,"

et sa mère "ma petite pile électrique".

range sa chambre

téléphone à un copain

écoute de la musique

écrit des mails

faitses devoirs

Adolescent, la tendance hyperactive d'Hervé ne fit que se confirmer.

Voilà le dossier Legrand, chef!

Merci Hervé! Vous êtes...

...précieux!

Après de bonnes études de commerce (vite fait, bien fait), Hervé travaille maintenant dans les assurances. Il est bien noté de ses supérieurs, travaille beaucoup, et ne se plaint jamais de la surcharge de travail.

Il aime bien les mots "challenge", "compétition", "winner", et tout le vocabulaire de l'entreprise "qui gagne".

OUAIS!!

Il en veut!

Vous allez me dire que...

Eh bien pas du tout! Je vous répondrai que...

Il finit les phrases des gens à leur place s'ils ne parlent pas assez vite. Dans les conversations, il fait souvent les questions et les réponses.

Il est plutôt gentil et serviable dans l'ensemble, alors on ne lui en veut pas trop.

Hervé n'aime pas du tout attendre dans les embouteillages, alors il se déplace en scooter.

Deux heures avant d'être livré ! Ils pourraient pas aller plus vite ?!

Il déteste les files d'attente au supermarché, alors il fait ses courses sur Internet.

Hervé aime la compétition, se surpasser, se dépasser, et dépasser les autres.

On va chronométrer pour savoir qui est le plus rapide à la vaisselle !

Le seul problème, c'est qu'il voit des compétitions partout, ou qu'il en provoque. Même en vacances.

J'achète ! Haha ! J'adore !

Il prend les parties de Monopoly très au sérieux et râle beaucoup s'il perd.

C'est qui ce petit bonhomme qui nous fait bonjour là-haut ?

C'est Hervé.

Il veut toujours arriver le premier lors des balades.

C'est qui ce monsieur africain qui semble si bien nous connaître ?

C'est Hervé.

Pareil pour le bronzage.

Hervé s'est marié jeune, et a beaucoup d'enfants. Hyperactif aussi dans ce domaine.

Sa femme trouve qu'on ne le voit pas beaucoup à la maison.

Faut tondre la pelouse et tailler les haies. Après on ira faire les courses pour la semaine.

On en profitera pour passer dire bonjour aux Legrand, c'est juste à côté !

Cet après-midi, je construis la cabane pour les enfants dans le jardin.

T'as pas oublié que tes cousins viennent dîner ce soir ?

Faut aussi déposer la voiture chez le garagiste.

D'un autre côté, quand il est là, c'est un peu fatigant pour tout le monde...

Du coup, le soir il s'endort comme une masse.

Ou alors il n'y arrive pas du tout, tellement la liste des choses à faire n'en finit pas de défiler dans sa tête.

Même dans son sommeil, il est très actif. Sa femme lui dit souvent qu'il parle beaucoup, remue, fait des bonds terribles dans le lit.

CINÉ

À force de mener cette vie, Hervé est à certaines périodes très fatigué. Un jour où sa femme l'avait traîné au cinéma...

... il s'était endormi dès le géné-
rique du début (il fait souvent ça
quand il ne peut ni agir, ni parler),

et ne s'était réveillé qu'une
fois le film terminé.

« Hervé, je pense que tu devrais aller
voir un psy ! », lui conseille sa femme.

Il accepte. Le psy l'écoute,
et lui propose de faire une
séance de relaxation.

— Vite, c'est mieux.
— Vas-y à fond !
— Dépasse-toi !
— Bon, allez, ça suffit, on a déjà assez perdu de temps comme ça !
— On se bouge ?

Ce qui peut rendre une personne stressénérvée encore plus stressénervée...

Connaître l'existence de quelques « starters de stress et d'énervement » vous évitera peut-être certaines complications, ou vous permettra éventuellement de mieux vous y préparer...

— Toutes les situations de compétition, les défis, les sursollicitations représentent pour ces sujets des situations à risque, des hameçons auxquels ils vont mordre aveuglément, surtout dans notre société de « challenges » et de culte de la performance.

— Leur dire « En seras-tu capable ? » ou « Machin est meilleur que toi, à mon avis... Mais laisse tomber, ce n'est pas grave ».

— Les situations de non-contrôle (comme être bloqué dans un avion sur la piste de décollage).

— Les injustices et les illogismes.

— La négligence ou la nonchalance d'autrui.

— Devoir attendre quand d'autres agissent. Devoir se taire quand d'autres parlent.

Ce qui peut aider la cohabitation avec les stressénervés

— Soyez fiable et, si possible, respectez les horaires.
— Affirmez-vous gentiment chaque fois qu'il tente de vous imposer son contrôle ou de vous embarquer dans une compétition inutile.
— Apprenez-lui à lâcher prise et rappelez-lui la nécessité de la détente : le temps passé à se reposer n'est pas, comme il tend à le penser secrètement, du temps perdu mais du temps nécessaire.
— Aidez-le à augmenter sa tolérance à l'imperfection de ce monde et des autres humains : il existe ici-bas des guêpes et du mauvais temps, des personnes lentes ou laxistes, et se mettre en rage ne change pas ces données fondamentales de la vie sur terre.
— Incitez-le à pratiquer une méthode de relaxation et à faire régulièrement du sport, mais sans chronomètre ni dossard.

Ce que nous apprennent les personnes réactives au stress

Par leur sacrifice sur l'autel de la déesse « Performance », elles nous montrent la saveur de la lenteur, les joies du « rien-faire » et du « lâcher-prise ». Elles nous apprennent à nous délivrer du syndrome du « j'aurais pas reçu un mail par hasard ? » qui nous fait interrompre notre boulot sur l'ordinateur toutes les trois minutes pour aller consulter des spams ou les blagues débiles du collègue du bureau voisin. Elles nous montrent les ravages de notre époque de sur-sollicitation, de surdistraction et de vol d'attention permanent et assassin pour nos capacités de concentration.

Merci pour la leçon, camarades stressénervés…

8. LES PERVERS

**« Faire du mal,
ça me fait du bien... »**

171

PERVERS(E), **moi** ?

QUESTIONNAIRE	Faux	Plutôt faux	Plutôt vrai	Vrai
J'aime bien que les autres aient des ennuis, ça console.				
La vie, c'est la jungle, chacun pour soi.				
Je ne dis pas toujours les choses en face, ça complique la vie.				
Je préfère que ce soient les autres qui prennent les risques pour moi.				
Ça forge le caractère des gens, de souffrir et d'avoir des ennuis.				

Votre profil en fonction du total des points :
faux = 0 ; plutôt faux = 1 ; plutôt vrai = 2 ; vrai = 3.
De 0 à 5 : peu pervers(e).
De 6 à 10 : un peu pervers(e).
11 et plus : plutôt pervers(e).

Si vous vous êtes dit « Il est vraiment niais, ce questionnaire. Et les auteurs sont bien naïfs. Je ne vais pas répondre la vérité, tout de même... », attribuez-vous le maximum de points. Et lisez attentivement le chapitre...

LA PERSONNALITÉ PERVERSE

Être pervers, c'est être enclin au mal, à le faire ou à l'encourager. Pas forcément être un criminel, un bourreau, un nazi. Le spectre des comportements pervers se décline aussi au quotidien, au travers de petites ou de grosses vacheries : se moquer avec insistance et dévaloriser, dire du mal en douce, saboter le travail commun, faire faire les sales coups par d'autres…

Il y a aussi les manipulateurs, qui influencent et persécutent, en famille ou au travail, qui recherchent des victimes parmi les personnes trop naïves, trop vulnérables, trop peu méfiantes, trop isolées.

Car les pervers ont besoin des autres pour exercer leur perversité, comme le notait Victor Hugo dans *Les Contemplations* : « La vie est une cour d'assises ; on amène / Les faibles à la barre accouplés aux pervers. »

Ben quoi,
où est
le problème ?

Un peu de perversité ?

« Allô ? Monsieur Dubois ? Ici la gendarmerie… »
Qui n'a fait un jour ce genre de blague stupide à un copain, histoire de lui faire croire que sa voiture avait été embarquée à la fourrière ou avait été volée pour servir à un hold-up ? Avant de révéler la supercherie, on fait un peu mariner, on fait un peu s'inquiéter… L'humour, lorsqu'il est destiné à déstabiliser l'autre, est une toute petite forme de perversité : avant de faire rire, on va faire un peu souffrir.

LES CRITÈRES DE LA PERSONNALITÉ PERVERSE

- Faire le mal en pleine conscience, en réalisant qu'on fait souffrir ou qu'on pose des problèmes.
- Se montrer indifférent aux dommages causés à autrui et, le plus souvent, prendre du plaisir à la gêne, à l'embarras, à la souffrance de l'autre.
- Si on retire un plaisir important, presque une jouissance, de la souffrance d'autrui, on entre dans la catégorie des sadiques, caractérisés par la cruauté et la jouissance de la cruauté.
- Faire mal de manière intentionnelle, même si on peut toujours alléguer ne pas l'avoir « fait exprès », excuse souvent avancée par les enfants comme par les adultes.
- Le faire de manière gratuite, sans mobile clair. Si on fait le mal par vengeance, ce n'est pas bien, certes, mais ce n'est pas forcément pervers.
- Il peut exister des démarches perverses utilitaristes : on promeut ses intérêts, même si c'est aux dépens des autres. Ce n'est encore « que » de l'égoïsme ; ce qui le rend pervers, c'est de le faire en douce, par exemple tout en prêchant ouvertement la collaboration et le respect mutuel...
- Le pervers a conscience que ce qu'il fait est répréhensible, moralement (risque de réprobation) et socialement (risque de punition), aussi il se dissimule et se cache pour agir.
- Pas ou peu de remords ni de culpabilité, ou alors de manière tardive et modérée. Bien en dessous, en tout cas, des dommages infligés.
- En cas de focalisation sur une seule victime, risque de manipulation et d'emprise. Le phénomène de harcèlement moral relève de ce mécanisme : la focalisation des conduites perverses sur une seule personne.

Ce ressort des « blagues », l'air de rien, est un ressort pervers : on prend l'autre au piège et on lui inflige une petite dose d'inconfort. Jusqu'au moment où on sent que la surprise fait place à la souffrance : alors on arrête, parce qu'on l'aime bien et qu'on n'est pas méchant. On arrête, sauf si on est pervers...

Quand le seuil pathologique est franchi...

Le passage de l'acceptable à l'inacceptable est signalé par la prise de conscience de la souffrance d'autrui.

Dire du mal, agir égoïstement, cela peut arriver à chacun. Si en revanche on continue ou si on récidive alors qu'on a été informé clairement des dommages infligés, si on n'est pas freiné puis arrêté par la conscience de nuire et de faire souffrir, alors on se trouve dans la zone perverse...

Sexe et perversion

Il existe souvent une confusion entre les deux notions de « perversité » et de « perversion ». Les psychiatres ont pris la mauvaise habitude d'utiliser des mots très proches pour désigner deux réalités distinctes.

La perversité désigne le plaisir éprouvé à observer ou à provoquer la souffrance d'autrui ; bien que la tolérance sociale à la cruauté ait pu varier d'une époque à l'autre, la société a toujours plus ou moins réprouvé la méchanceté envers les autres humains.

Les perversions renvoient à des habitudes sexuelles non conformes aux mœurs sociales d'une époque ; il y a encore peu, l'homosexualité était cataloguée comme une perversion, ce qui n'est fort heureusement plus le cas aujourd'hui. Le *Vocabulaire de la psychanalyse,* ouvrage de référence pour de nombreux thérapeutes, propose encore aujourd'hui la définition suivante d'une perversion : « Déviation par rapport à l'acte sexuel "normal", défini comme coït visant à obtenir l'orgasme par pénétration génitale, avec une personne du sexe opposé [...]. On dit qu'il y a perversion quand l'orgasme est obtenu avec d'autres objets sexuels (homosexualité, pédophilie, bestialité, etc.), par d'autres zones corporelles (coït anal, par exemple) ou quand il est subordonné de façon impérieuse à certaines conditions extrinsèques (fétichisme, transvestisme, voyeurisme et exhibitionnisme, sadomasochisme) ; celles-ci peuvent même apporter à elles seules le plaisir sexuel. »

Ces « perversions » sont aujourd'hui l'objet d'une tolérance sociale du moment qu'elles concernent des adultes consentants. Seule la pédophilie reste, à juste titre, une perversion universellement réprouvée.

On observe en général que de nombreux pervers présentent également des perversions sexuelles, mais l'inverse n'est pas vrai : être adepte de conduites sexuelles déviantes n'implique pas forcément que l'on ait une personnalité perverse et que l'on aime faire souffrir autrui.

GÉRARD EST MÉCHANT

Gérard n'était pas très gentil quand il était petit. Par exemple, avec les animaux : il aimait séparer les escargots de leur coquille,

arracher les ailes des mouches, mettre le chat dans le frigo, ou coller ensemble les ailes des papillons.

Mais il était très gentil avec sa maman : « Gérard ? C'est un amour ! »

À l'école, les autres enfants se méfiaient de lui, car il les entraînait à faire des bêtises à sa place, mais s'ils se faisaient prendre, il ne se dénonçait bien sûr jamais.

De temps en temps, il dénonçait lui-même ceux qui avaient agi sur ses recommandations, pour être sûr de se trouver du bon côté lorsque le pot aux roses serait découvert.

Un jour, on lui avait donné un bébé à garder quelques instants. Il n'avait pu s'empêcher de le pincer à plusieurs reprises...

Ce qui est impeccable avec les bébés, c'est que ça ne sait pas parler!

C'est peut-être des colites, Maman, non?

Sa mère, ce jour-là, fut très fière de la sagacité médicale de son petit Gérard.

Au lycée, Gérard n'était pas très populaire, mais tout de même assez malin pour avoir quelques amis à qui il ne faisait pas d'entourloupettes. Surtout parmi ceux qui pouvaient lui rendre des services:

les costauds (Gérard était plutôt lâche),

les riches (Gérard aimait le luxe),

Elle est là ta soeur?

ceux qui avaient des soeurs mignonnes (Gérard était concupiscent).

Après de belles études, Gérard arriva à un poste important dans une grande entreprise.

Ah oui, c'est votre jour de relâche! Celui où vos collègues bossent pour vous!

→ mère de famille, elle est à temps partiel et ne travaille pas le mercredi.

Il aimait bien humilier ses collaborateurs,

Masson, c'est bien vous qui aviez planté le dossier Bouygues? Vaut mieux pas vous donner celui-là si on ne veut pas mettre la clé sous la porte!

Surtout quand il avait été lui-même humilié par son patron, ou quand quelqu'un l'avait vexé ou lui avait tenu tête.

De temps en temps, il abusait de son pouvoir pour coucher avec une petite stagiaire, qu'il licenciait ensuite pour ne pas avoir d'histoires.

Gérard aimait bien faire des vacheries aux autres: dénoncer aux impôts (par lettre anonyme) les collègues ou voisins qui l'agaçaient ou qu'il jalousait.

Un autre de ses petits plaisirs était de crever discrètement les pneus des voitures plus grosses que la sienne, ou qui s'étaient garées trop près, au risque d'érafler son pare-chocs.

Mais le plus drôle, c'est que Gérard avait de drôles de besoins sexuels. Il était un peu masochiste et aimait bien se faire fouetter et chevaucher dans des clubs où tout le monde s'habille en cuir et avec des chaînes. La vie est parfois bizarre.... ou bien faite.

Comprendre les pervers

Les pervers sont tout de même un sacré mystère pour la psychologie.

Sont-ils simplement des méchants et des vicieux qu'il faut surveiller et punir ? Sont-ils, à notre image, des humains habités par de sombres pulsions, qu'eux n'ont pas réussi à canaliser, à métaboliser, à sublimer ? Souffrent-ils, comme le pensaient les médecins aliénistes du XIXe siècle, d'une « constitution perverse » quasi héréditaire ? Sont-ils des malades qu'il faut simplement soigner ? Le problème, dans ce cas, c'est que la psychiatrie a autant de mal à les comprendre qu'à les guérir…

Ce qu'on observe chez eux, en tout cas, c'est d'importantes limitations à l'empathie : ils sont particulièrement peu capables de prêter attention aux états d'âme d'autrui, et donc à ses souffrances. D'où le libre champ laissé à leurs mauvais instincts, non régulés par la conscience du mal causé à autrui. Cette difficulté à l'empathie se double logiquement d'un sens moral défaillant : les interdictions à agresser et à nuire à autrui ne les retiennent pas si leurs intérêts sont en jeu.

Indifférence aux autres et déficit d'empathie. Indifférence aux lois et sociopathie…

D'accord, mais le plaisir à faire souffrir ? Il faut alors chercher du côté de leurs sentiments d'incapacité.

La perversité, c'est une mécanique à double face : impuissance et jouissance de rendre aussi les autres impuissants.

Comme ils ont une piètre estime d'eux-mêmes, les pervers sont soulagés de rabaisser les autres. Comme ils ne savent pas se rendre heureux, ils sont apaisés lorsqu'ils peuvent nuire au bonheur des autres. Et la mécanique est enclenchée. Parfois, elle restera au niveau d'une simple méchanceté : nous avons tous connu des « peaux de vache » qui aimaient prendre des têtes de Turc pour se défouler. Parfois, parce que leur passé sera plus lourd, entre carences et violences, entre règles familiales ou groupales viciées et faussées, les pervers feront vraiment du mal, jusqu'à démolir ou détruire leurs victimes. Et puis, peu à peu, à force de pratique et d'impunité, se mettra en place une insensibilité croissante à la souffrance d'autrui.

Les croyances qui façonnent la vision du monde de la personne perverse

Voici une liste de phrases fréquentes à l'esprit des pervers ; autant s'en souvenir lorsqu'on a affaire à eux...
— Chacun pour soi.
— Les autres n'ont qu'à se débrouiller.
— Mes besoins passent avant tout.
— On peut faire des sales coups à condition de ne pas se faire pincer.

— Je fais ce que je veux, je suis libre, je n'ai de comptes à rendre à personne.
— Je ne supporte pas que les gens autour de moi soient trop contents et aillent trop bien.
— Je ne sais pas pourquoi, mais ça me rassure que les autres aillent mal ou aient des problèmes. Ça me fait presque plaisir.
— Je n'aime pas qu'on me fasse la morale.
— C'est plus fort que moi, pourquoi lutter ?
— Pas de sensiblerie, chacun se débrouille avec ses ennuis et ses douleurs.
— Vous m'avez l'air bien heureux de vivre, j'ai envie de m'intéresser à vous...

Ce qui peut rendre une personne perverse encore plus perverse...

Connaître l'existence de quelques « starters de perversité » vous évitera peut-être certaines complications avec les pervers, ou vous permettra éventuellement de mieux vous préparer...
— La confrontation à des personnes faibles et fragiles, sans surveillance.
— Les situations où ils ont tous les pouvoirs.
— Les fois où ils sont eux-mêmes en échec, amers ou malheureux.

Ce qui peut aider à la cohabitation avec les pervers

— Les surveiller attentivement, un peu comme des personnes toxicomanes dont on sait que leur volonté ne sera pas suffisante pour les empêcher de nuire ou de se nuire.
— Ne leur accorder qu'une confiance limitée, remise en question à chaque nouvelle situation.
— Poser des règles claires et ne pas transiger.
— Ne tolérer aucun écart, le sentiment d'impunité se développant très vite chez eux.
— Ne pas perdre ses repères moraux et de bon sens, car le discours des pervers pousse vite à confondre victimes et agresseurs, et à une confusion des valeurs (on connaît le discours, hélas entretenu par une certaine mode psy, qui veut que les victimes ne soient jamais tout à fait innocentes...).
— Si on n'est pas leur victime, toujours garder le lien, essayer de faire parler les émotions et les ressentis des pervers ; ne pas non plus aboutir à ne les voir que comme des « monstres froids ».

Ce que nous apprennent les pervers

« Nous ne pouvons approcher des êtres les plus pervers sans reconnaître en eux des hommes. Et la sympathie pour leur humanité entraîne notre tolérance pour leur perversité », écrivait Marcel Proust, dans son roman autobiographique *Jean Santeuil.*

Les pervers nous apprennent que le mal existe. Ils nous offrent des doses de vaccin « anti-excès de naïveté ». Ils nous ouvrent les yeux sur le fait que culture et barbarie caractérisent toutes deux l'être humain. Bonté et cruauté, aussi. Autrefois, il y avait l'image du diable pour symboliser l'existence du Mal. Le diable, comme Dieu, n'inspire plus de peur à grand monde, mais le bien et le mal, eux, existent encore.

Merci pour la leçon, camarades pervers...

9. LES PASSIFS-AGRESSIFS

**« Non, non et na !
On ne me parle pas
sur ce ton... »**

193

194

PASSIF (VE)-AGRESSIF (VE), **moi** ?

QUESTIONNAIRE	Faux	Plutôt faux	Plutôt vrai	Vrai
Si on ne me demande pas les choses gentiment et poliment, je ne les fais pas.				
Quand les gens m'agacent, j'attends mon heure et je le leur fais payer.				
Plus on me presse, plus je ralentis.				
Ça ne me dérange pas de bouder, je peux tenir pendant des mois entiers.				
Je déteste les ordres.				

Votre profil en fonction du total des points :
faux = 0 ; plutôt faux = 1 ; plutôt vrai = 2 ; vrai = 3.
De 0 à 5 : peu passif-agressif.
De 6 à 10 : un peu passif-agressif.
11 et plus : plutôt passif-agressif.

Si vous vous êtes dit « Je ne vois pas pourquoi je ferai plaisir à ces auteurs en remplissant leur questionnaire, ils me mettent ça en début de chapitre comme si c'était obligatoire de le passer ; et puis quoi, je l'ai acheté, ce livre, il est à moi, ils n'ont pas à m'obliger ; je ne le ferai pas, leur test », attribuez-vous le maximum de points. Et lisez attentivement le chapitre…

LA PERSONNALITÉ PASSIVE-AGRESSIVE

Peut-on agresser passivement ? Eh oui ! C'est le talent de la personnalité passive-agressive, qui se caractérise par un style relationnel dominé par des attitudes de résistance passive à toute forme d'autorité, parfois même à ce qui est perçu par l'entourage comme de simples demandes.

Le spectre des comportements passifs-agressifs est large : faire de l'obstruction, obéir en soupirant, laisser traîner les choses, bouder, saboter, voire faire la grève du zèle (« Tu m'as dit de le faire alors je le fais ; tu ne m'as jamais dit de le faire vite »).

Un peu de passivité + un chouïa d'agressivité = ???

Chaque fois que nous sommes vexés ou contrariés, nous pouvons avoir la tentation de ne plus rien dire, de nous retirer, de croiser les bras et de bouder. Nous

De toute façon,
je ferai
comme je veux.

le ferons d'autant plus facilement que nous nous sentirons fatigués ou peu capables de réagir, ou que nous aurons le sentiment que protester sera inutile.

Nous ne le ferons aussi que si ce comportement a un sens pour nos interlocuteurs, s'il les touche ou les dérange, ne serait-ce qu'un tout petit peu. Si je boude et que tout le monde s'en fiche, c'est raté, inutile et douloureux uniquement pour moi. Un enfant ne boude que s'il se sent aimé ; les enfants battus et négligés ne boudent jamais. Idem pour les adultes...

Mais c'est un système relationnel qui marche mal, ou qui peut user l'affection et la sympathie des autres.

Si leurs attitudes sont systématiques ou répétées, les sujets passifs-agressifs, opposants ne s'opposant pas directement, ont tôt fait de se créer une mauvaise réputation au sein des groupes qu'ils fréquentent. Ils se retrouvent donc mis à l'écart, ou au moins entourés d'une certaine suspicion de la part de leurs collègues et d'une franche antipathie de la part de leurs supérieurs. Idem dans le domaine familial : « Mais qu'est-ce que tu as à faire la tête ? Y en a marre à la fin ! S'il y a un problème, dis-le ! »

Quand le seuil pathologique est franchi...

Les soucis arrivent chaque fois que le comportement passif-agressif tend à se déclencher face aux simples

LES CRITÈRES DE LA PERSONNALITÉ PASSIVE-AGRESSIVE

- Résiste passivement (lenteur, sabotages, mauvaise volonté, simulation de ne pas comprendre…) aux demandes de tâches à accomplir, par exemple à son travail, mais aussi en famille.
- A rapidement la perception que toute forme d'autorité est abusive. Critique volontiers les ordres et les donneurs d'ordres.
- Se plaint de ne pas être compris et apprécié, mais pas directement, ou pas tout de suite.
- Souvent maussade, ergoteur, « mauvais esprit ».
- Goût excessif pour la vengeance. Au lieu de régler le problème tout de suite par la discussion, on laisse faire ou dire, on rumine négativement, puis on cherche comment punir l'autre.
- Susceptibilité et sensibilité excessive à l'offense, réelle ou supposée.

demandes, et non plus seulement en réaction à des ordres. Lorsque la personne fait preuve d'une susceptibilité excessive aux maladresses de forme. Enfin, lorsqu'elle tend à nier son propre comportement passif-agressif (« Non, je ne fais pas la tête »), qu'elle n'accepte pas la discussion malgré les tentatives de l'interlocuteur de rouvrir le dialogue (les efforts de « déboudage », comme il existe un déminage).

On bascule alors dans la personnalité passive-agressive, avec des sujets qui n'ont pas besoin d'oppression pour se sentir opprimés…

ELISABETH N'AIME PAS LES ORDRES

Toute petite, Elisabeth était très susceptible.

Lors des conflits, elle était passée maître dans l'art de prendre la position de la victime.

De temps en temps, à l'école, elle punissait aussi sa maîtresse.

Adolescente, ça ne s'arrangea pas, avec des variantes. Tantôt des bouderies, tantôt des grèves du zèle.

... de justesse.

Son mari dut s'adapter lui aussi au caractère parfois difficile d'Elisabeth.

Quand on lui met une contravention, Elisabeth la déchire aussi sec.

Au bureau, il faut savoir la prendre dans le sens du poil,

Sinon, elle sabote, ou elle ne fait carrément rien.

Elle ne dit jamais non en face, mais se venge toujours.

Un de ses voisins l'agace. Alors, tous les jours, elle fait faire sa crotte à son chien devant sa porte.

Et pour doubler sa vengeance, elle appelle son animal «Monsieur Lacour». C'est le nom de son voisin.

Ce dernier a contre-attaqué en baptisant sa poubelle "Elisabête".

Tout ça, ça fait une chouette ambiance dans le quartier!

Achille et le baron perché

De célèbres exemples de comportements passifs-agressifs existent dans l'histoire et la littérature.

Dans l'*Iliade,* Homère raconte comment le héros grec, Achille, après une violente dispute avec le roi Agamemnon (où il le traite notamment de « Sac à vin ! Œil de chien et cœur de cerf ! ») à propos d'une belle captive, se retira pour bouder sous sa tente, provoquant, par son absence aux côtés des Grecs, de nombreux revers face aux Troyens.

Plus près de nous, Côme, le jeune baron du Rondeau, héros du roman d'Italo Calvino *Le Baron perché,* houspillé par son père alors qu'il refusait de manger des escargots, décida de grimper dans un arbre et de ne plus en redescendre jusqu'à nouvel ordre, et na ! Il y passera sa vie...

Achille ne manquait pas de courage, ni Côme de sagesse. Au quotidien néanmoins, ce sont ces deux qualités que les personnes passives-agressives vont devoir apprendre à cultiver pour se débarrasser de leurs mauvais réflexes...

Comprendre les passifs-agressifs

Ces personnalités cumulent en fait deux problèmes. D'une part, une hypersusceptibilité liée à un déficit d'estime de soi : se percevant de peu de valeur, ils attachent une importance majeure à ne pas se sentir infériorisés. Et il leur semble qu'on peut l'être par des ordres ou des contraintes : « Si on ne me respecte pas, cela prouve que je n'ai pas de valeur ». Ils ont du mal à voir qu'on peut choisir d'accepter des ordres parce qu'ils nous semblent légitimes. Comme eux ne se sentent pas capables de les refuser, ces ordres, ils les détestent.

Car c'est le second problème des passifs-agressifs : ils ne savent pas s'affirmer. La plupart d'entre eux souffrent d'un déficit d'affirmation de soi : ils n'osent pas dire « Non, je ne suis pas d'accord, et voilà pourquoi », ou « Cela me gêne que tu me parles comme ça, il faut qu'on en cause ». Incapables de discuter franchement de ce qui les dérange, ils s'en plaignent plutôt à d'autres personnes, et ils font de l'obstruction.

Le résultat émotionnel est médiocre : ils sont toujours mécontents, toujours victimes, toujours blessés et toujours offensés...

Les sources de tels comportements remontent souvent à l'enfance : il existe des familles à l'intérieur desquelles il y a tout le temps quelqu'un qui boude, où l'on se vit en victime des autres sans jamais oser leur dire ou se rebeller autrement que par des actes de sabotage.

Les croyances qui façonnent la vision du monde de la personne passive-agressive

Voici une liste de phrases fréquentes à l'esprit des passifs-agressifs ; autant s'en souvenir lorsqu'on a affaire à eux…

— Je déteste qu'on me prenne de haut.
— Je ne vais pas me laisser faire.
— De toute façon, je ferai comme je veux.
— Si on ne me respecte pas, je me venge.
— En disant les choses en face, on s'attire des ennuis.
— Puisque c'est comme ça, je vais bouder. Puisque les gens ne comprennent rien, là ils comprendront.
— Inutile de discuter, ça ne sert à rien.
— S'ils ne sont pas contents, c'est pareil. Et même : c'est tant mieux.
— Et maintenant, j'en ai marre, je ne dis plus rien, na…

Ce qui peut rendre une personne passive-agressive encore plus passive-agressive…

Connaître l'existence de quelques « starters de passivo-agressivité » vous évitera peut-être certaines complications, ou vous permettra éventuellement de mieux vous y préparer…

— Contraintes, règlements.
— Ordres, même aimables.
— Remarques, conseils, critiques.

Ce qui peut aider à la cohabitation avec les passifs-agressifs

— Toujours respecter les formes.
— Solliciter l'avis de l'individu pour chaque décision, chaque conseil, chaque prescription.
— Repérer très vite ses manifestations de réticence éventuelle (silence, retrait du haut du corps et croisement des bras…) pour les désamorcer dès le début. Observer le langage du corps : on peut s'exprimer même sans parler.

— Ne pas hésiter à se remettre en question (« Ai-je dit ou fait quelque chose qui vous a posé un problème ? »), mais sans pour autant se diminuer ou vouloir à tout prix se faire pardonner.

— Apprendre au passif-agressif à rechercher des solutions plutôt que des punitions.

— L'inciter à signaler ce qui ne va pas au lieu de le ruminer, en reconnaissant la possibilité de commettre des petites erreurs de communication : « Désolé, en voulant aller un peu vite, j'ai pu vous blesser, n'hésitez pas à me le signaler à l'avenir. »

Ce que nous apprennent les passifs-agressifs

Les comportements passifs-agressifs peuvent être parfois l'expression non pas de tendances personnelles, mais de contextes excessivement autoritaires, où il est impossible ou inutile de s'exprimer ou de discuter les ordres. Certains types de management ou de fonctionnement administratif semblent ainsi faciliter ce genre d'attitudes. L'opposition passive est alors la « force du faible », ce qui explique que ces comportements soient plus fréquents chez les enfants et les adolescents, ainsi que chez les personnes occupant des postes subalternes.

Les comportements passifs-agressifs seraient alors une sorte de fusible détecteur pour l'autoritarisme, un symptôme de dysfonctionnement groupal…

Merci pour la leçon, camarades passifs-agressifs…

10. HUMANITÉ ET PSYCHODIVERSITÉ : VIVE LA VIE, VIVE L'AMOUR !

BIODIVERSITÉ ET PSYCHODIVERSITÉ : UNE CHANCE ?

D'une certaine façon, il est heureux qu'existe parmi les humains une certaine « psychodiversité » qui, comme la biodiversité dans la nature, les mondes animaux ou végétaux, est une richesse.

Dans une population humaine, tout le monde peut jouer son rôle. Lorsque les Vikings traversèrent l'océan Atlantique pour arriver jusqu'en Amérique, il y avait certainement à bord des inquiets capables d'anticiper les problèmes (prendre assez d'armes et de nourriture), des obsessionnels capables de vérifier attentivement l'état du bateau et sa position par rapport aux étoiles, des intrépides inintimidables pouvant inciter leurs camarades à surmonter leurs hésitations et à aller de l'avant... Dans une entreprise, quelques personnalités paranoïaques aux départements juridiques et réglementaires, quelques histrioniques aux services commerciaux, quelques traits de personnalité narcissique

213

chez le PDG, quelques stressés énervés à la production et quelques pessimistes dans les services financiers peuvent très bien composer une équipe efficace.

Les casse-pieds sont donc utiles à l'humanité, à condition de trouver socialement leur place et leur rôle, et aussi — mais ceci est facilité par cela — de ne pas laisser leurs travers prendre des proportions trop importantes...

Il y a de la place pour tous dans les sociétés humaines, pour les agitateurs et les bâtisseurs, pour les visionnaires et les gestionnaires, pour les joyeux et les grincheux. Mais cela suppose une régulation, une contention, une limitation des tendances négatives de chacun par la société, ses lois et ses règles, comme par ses représentants, au travers des remarques et des limites faites à ceux qui vont trop loin.

Tu es tellement beau ; beaucoup de gens vont te détester !

Comment faire de son enfant un garçon narcissique.

Le travail en psychothérapie avec les personnalités difficiles ou pathologiques

On considère en psychothérapie qu'il est souvent plus difficile de soigner des troubles de la personnalité que des maladies psychiques « classiques », comme la dépression ou les phobies. La Rochefoucauld l'avait pressenti : « On trouve des moyens pour guérir de la folie, mais on n'en trouve point pour redresser un esprit de travers. »

Il faut dire que la vision du monde qu'ont les personnalités difficiles est un système à l'équilibre, même s'il est insatisfaisant. Avec plus de certitudes que de doutes. Avec une tendance à attribuer les problèmes aux autres plutôt qu'à soi. Se soigner, c'est renoncer à ses certitudes. Et donc, se sentir en danger...

Nous ne détaillerons pas ici les méthodes psychothérapiques qui peuvent aider les casse-pieds, mais ces méthodes existent. Elles reposent sur plusieurs étapes, comme dans la psychothérapie cognitive, une des démarches les plus efficaces pour soigner les personnalités pathologiques.

La première étape, souvent la plus difficile, est celle de la prise de conscience que les problèmes rencontrés par une personne viennent en grande partie d'elle et pas seulement des autres. C'est la question du recul nécessaire sur soi et du renoncement aux « mécanismes de défense » qui nous protègent en nous aveuglant.

La deuxième étape est de comprendre les mécanismes psychologiques qui conduisent à adopter un style psychologique inadapté, et parfois difficile à accepter par les autres. À partir des croyances propres à chaque profil de personnalité, dont nous avons parlé dans chacun des chapitres, peuvent se mettre en place trois styles de réaction : la soumission (« capitulation »), la bataille (« compensation ») ou l'évitement (« fuite »). Ainsi, si l'une de vos croyances est que vous êtes sans valeur, vous pouvez vous y soumettre (vous aurez alors des comportements d'échec), compenser (vous vous réfugierez dans le narcissisme) ou éviter (vous vous retirerez du monde, et de toute démarche professionnelle, sociale ou amoureuse dans laquelle vous pourriez être amené à subir un échec). Déconcertant pour l'entourage, et aussi pour la personne concernée...

Une troisième étape consiste à trouver les racines des comportements problématiques : quelles ont été les expériences de vie précoces en matière d'amour et de socialisation ? Comment se comportaient eux-mêmes les parents ? Quelles valeurs ont été transmises ? Quelles rencontres ont été faites dans l'adolescence ? Quels modèles ont été influents ? Ce dont nous héritons de nos premières années, ce n'est pas un destin prédéterminé, mais une sorte de pilote automatique qui tendra à se mettre en marche sans notre volonté. Cette dernière ne pourra intervenir que pour le freiner ou le réguler.

La quatrième étape consiste à aider le patient à

emprunter de nouvelles voies. Souvent, les casse-pieds ne savent pas régler leurs problèmes, communiquer, agir autrement qu'en étant casse-pieds. Le but des travaux pratiques proposés en thérapie cognitive (jeux de rôle, nouvelles manières de communiquer) est de leur faire expérimenter de nouvelles façons de faire.

La dernière étape consiste à sortir peu à peu de la thérapie et à se mettre en situation d'apprendre de la vie, de profiter des événements de l'existence, des rencontres, pour continuer d'apprendre à progresser.

Lors de ces psychothérapies, le travail du thérapeute n'est pas facile car les patients rejouent dans la relation thérapeutique leurs difficultés, dans le cadre du célèbre transfert : les passifs-agressifs boudent, les histrioniques tentent de séduire, les narcissiques de dominer, les stressés de guérir le plus vite et le plus parfaitement possible, les paranoïaques se méfient, etc. Cela ne manque pas de susciter chez le thérapeute le non moins célèbre contre-transfert : « Ils commencent vraiment tous à me casser les pieds… ».

Philosophie et personnalités difficiles

« Nul n'est méchant volontairement », disait Socrate.

Il ne faut pas oublier qu'on ne « choisit » pas d'être histrionique, paranoïaque ou pervers : on le subit, puis on le fait subir aux autres. De plus, même si elle n'est pas toujours perceptible ou exprimée, la souffrance n'est jamais loin en cas de troubles de la personnalité.

Voilà déjà deux bonnes raisons pour, autant que possible, faire preuve de compréhension et de tolérance envers les pénibles et les casse-pieds. Cela ne signifie pas, nous l'avons vu, qu'il faut les subir sans broncher, mais il convient de leur poser des limites plutôt que de les rejeter. Donnons-leur toujours la possibilité de changer. Ce qui commence dans notre propre regard, celui que nous portons sur eux. Les regards qui nous changent sont ceux qui nous respectent...

Et puis il y a encore une bonne raison d'accepter les casse-pieds. C'est La Rochefoucauld qui nous la rappelle : « Les vices entrent dans la composition des vertus comme les poisons entrent dans la composition des remèdes. La prudence les assemble et les tempère, et elle s'en sert utilement contre les maux de la vie. » Est-ce que nos qualités et nos vertus, dont nous sommes si fiers, ne sont pas en partie liées à nos vices ? Ne sont-elles pas un moyen d'en sortir par le haut ? Le zeste de narcissisme qui nous habite ne nous aide-t-il pas à rester humble ? La pointe de paranoïa qui nous pique parfois ne nous rappelle-t-elle pas l'importance de la confiance ? La pincée de perversité que nous éprouvons peut-être nous montre combien la bonté est nécessaire ici-bas.

Et tout cela, n'est-ce pas un peu de sel, de poivre, de piment et d'épices dans le grand potage de la vie ?

CHIC, FAMILIER, RÉGIONAL, PAS TRÈS CHIC,
S'IL EXISTE TANT DE MOTS POUR PARLER
DE LA CHOSE, C'EST QUE LA CHOSE EXISTE...

CONCLUSION

221

POUR EN SAVOIR PLUS

Pour nos lecteurs non professionnels

D.M. Buss, *Une passion dangereuse ; la jalousie,* Odile Jacob, 2005.

F. Fanget, *Toujours mieux ! Psychologie du perfectionnisme,* Odile Jacob, 2006.

S. Hahusseau, *Comment ne pas se gâcher la vie,* Odile Jacob, 2003.

M.-F. Hirigoyen, *Le Harcèlement moral ; la violence perverse au quotidien,* Syros, 1998.

F. Lelord et C. André, *Comment gérer les personnalités difficiles,* Odile Jacob, 1996.

J.E. Young et J.-S. Klosko, *Je réinvente ma vie,* Éditions de l'Homme (Montréal), 2005.

Pour nos lecteurs professionnels

S.C. Cloninger, *La Personnalité,* Flammarion, 1999.

J. Cottraux, *La Répétition des scénarios de vie,* Odile Jacob, 2003.

J. Cottraux et I.M. Blackburn, *Psychothérapies cognitives des troubles de la personnalité,* Masson, 2006 (2e édition).

Q. Debray et D. Nollet, *Les Personnalités pathologiques,* Masson, 2005 (4e édition).

Q. Debray et coll. *Protocoles de traitement des personnalités pathologiques,* Masson, 2005.

M.M. Linehan, *Traitement cognitivo-comportemental du trouble de personnalité état-limite,* Médecine et Hygiène (Genève), 2000.

G. Michel et D. Purper-Ouakil, *Personnalité et Développement ; du normal au pathologique*, Dunod, 2006.

J.E. Young et coll., *La Thérapie des schémas ; approche cognitive des troubles de la personnalité,* De Boeck (Bruxelles), 2005.

TABLE

3. LES NARCISSIQUES
« Moi, moi, moi, je, je, je... »

4. LES NÉGATIVISTES
« De toute façon, ça finira mal... »

5. LES PARANOS
« Méfiance... »

6. LES HISTRIONIQUES
« Y a-t-il quelqu'un qui m'aime ici ? »

7. LES STRESSÉS
ET AUTRES ÉNERVÉS HYPERACTIFS
« On se bouge ! »

8. LES PERVERS

« Faire du mal, ça me fait du bien... »

9. LES PASSIFS-AGRESSIFS

« Non, non et na !
On ne me parle pas sur ce ton... »

10. HUMANITÉ ET PSYCHODIVERSITÉ : VIVE LA VIE, VIVE L'AMOUR !

Christophe André et Muzo

Petites Angoisses et Grosses Phobies
Seuil, 2002
repris sous le titre
Je dépasse mes peurs et mes angoisses
Points, n° P2364

Petits Complexes et Grosses Déprimes
Seuil, 2004
repris sous le titre
Je guéris mes complexes et mes déprimes
Points, n° P2497

Autres ouvrages de Christophe André

La Peur des autres. Trac, timidité et phobie sociale
(avec Patrick Légeron)
Odile Jacob, 1995 et 2000

Comment gérer les personnalités difficiles
(avec François Lelord)
Odile Jacob, 1996

L'Estime de soi
(avec François Lelord)
Odile Jacob, 1999 et 2007

La Force des émotions
(avec François Lelord)
Odile Jacob, 2001

Vivre heureux. Psychologie du bonheur
Odile Jacob, 2003

Psychologie de la peur. Craintes, angoisses et phobies
Odile Jacob, 2004

De l'art du bonheur. Apprendre à vivre heureux
Iconoclaste, 2006 et 2010

Imparfaits, libres et heureux. Pratiques de l'estime de soi
Odile Jacob, 2006

Les États d'âme. Un apprentissage de la sérénité
Odile Jacob, 2009

Secrets de psys. Ce qu'il faut savoir pour aller bien
Odile Jacob, 2011

Autres ouvrages de Muzo

J'habite ici
Association Placid et Muzo, 1984

Adieu
Éditions du Dernier Terrain Vague, 1989

Coco Pimpolet sauve la princesse
Albin Michel, 1995

Au matin, j'explose
(avec Hervé Prudhon)
Éditions du Ricochet, 1999

J'ai trois ans et pas toi
(avec Hervé Prudhon)
Verticales, 1999

Dead Line
(avec Hervé Prudhon)
Liber niger, 2000

De bouche à oreille
(avec Catherine Bourzat)
Zouave Éditeur, 2000

C'est pas juste !
Thierry Magnier, coll. « Tête de lard », 2001

Le Brassens illustré
Albin Michel, 2001

Les Hommes et les Femmes
Buchet-Chastel, coll. « Les cahiers dessinés », 2002

Vous avez dit justice
Texte de Marie-Brossy-Patin et Xavier Lameyre
La Documentation française-Seuil Jeunesse, 2006

Quand dormir devient un problème
Texte de Rébecca Shankland et Thomas Saïas
La Martinière Jeunesse, 2006

Dix Petits Nuages
Autrement, 2008

Ha! Ha! Ha!
Alain Beaulet éditeur, 2008

Tous libres et égaux
Texte d'Aurine Crémieu
Autrement-Amnesty international, 2008

Bisou
Siranouche éditions, 2010

RÉALISATION : PAO ÉDITIONS DU SEUIL
IMPRESSION : NORMANDIE ROTO IMPRESSION S.A.S. À LONRAI
DÉPÔT LÉGAL : MARS 2011. N° 102200 (110935)
Imprimé en France

Collection Points

Le catalogue complet de nos collections est sur Le Cercle Points, ainsi que des interviews de vos auteurs préférés, des jeux-concours, des conseils de lecture, des extraits en avant-première...

www.lecerclepoints.com